KB146009

인어의 걸음마

인어의 걸음마

서해문집 청소년문학 015

초판 1쇄 발행 2021년 7월 16일
초판 3쇄 발행 2022년 7월 10일

지은이   이종산 이유리 전삼혜 이서영
펴낸이   이영선
책임편집   차소영

편집   이일규 김선정 김문정 김종훈 이민재 김영아 이현정
디자인   김회량 위수연
독자본부   김일신 정혜영 김연수 김민수 박정래 손미경 김동욱

펴낸곳 서해문집 | 출판등록 1989년 3월 16일(제406-2005-000047호)
주소 경기도 파주시 광인사길 217(파주출판도시)
전화 (031)955-7470 | 팩스 (031)955-7469
홈페이지 www.booksea.co.kr | 이메일 shmj21@hanmail.net

ⓒ이종산 이유리 전삼혜 이서영, 2021
ISBN 979-11-90893-82-4 43810

인어의 걸음마

이종산
이유리
전삼혜
이서영

서해문집

생일 축하해!

이종산

◇

2012년 문학동네 제1회 대학소설상으로 데뷔했다. 장편소설 《커스터머》 등을 썼다.

어느 날 차소영 편집자에게서 메일이 왔다. 내 전작인 《커스터머》에서 장애성에 대한 관심이 읽혔다며 소설 하나를 써달라고 했다. 《망명과 자긍심》을 추천하면서. 《망명과 자긍심》은 1년째 장바구니에 넣어놓고만 있는 책이었다. 결국 《망명과 자긍심》은 읽지 못했지만, 청탁을 받은 후에 자긍심에 대해 많이 생각했다. 퀴어와 장애를 나의 고유한 정체성으로 받아들이는 순간 그것은 나를 일으켜 세우는 자긍심이 된다. 한 사람이 그것을 깨닫는 순간을 만나는 이야기를 하고 싶었다.

민정이나 또 다른 사람들의 예상과 달리 리라의 세계는 시끄러웠다. 우선 학교는 고요할 수 있는 곳이 아니었다. 애들은 한시도 고요하지 않았다. 리라는 소리를 들어본 적은 없지만 시끄럽다는 말의 의미를 이해했다. 「진짜 알아? 그럼 말해봐. 시끄럽다는 게 어떤 뜻인데?」 따지기 좋아하는 배수지가 캐묻는다고 해도 대답할 자신이 있다. '쉬는 시간 우리 반 교실.' 단언컨대 그보다 더 시끄러운 장소는 세상에 없을 것이다.

쉬는 시간이 되면 아이들은 각자의 방에서 각자의 방식대로 떠든다. 고개를 위로 한껏 쳐들고 자기 가슴을 두 손으로 치면서 오랑우탄 흉내를 내는 애도 있고(리라는 이런 광경을 볼 때마다 믿을 수가 없어서 고개를 젓는다. 열두 살이나 되어서 오랑우탄 흉내라니! 제정신인가? 하지만 더 놀라운 사실은 동물 흉내를 내는 애가 몇 명 더 있다는 것이다. 교실은 정글이다), 가짜 얼굴을 계속 바꾸면서 뭐가 더 나은지 토론하는 애들도 있고, 참았던 숨을 몰아쉬듯이 수업시간에 참았던 말들을 쉴 새 없이 쏟아내는 애도 있다. 나머지는 게임을 하거나 서로 그룹을 지어서 수다를 떨거나 한다. 의자를 족쇄로 여기는 듯 쉬는 시간만 되면 한시도 가만히 앉아 있지 않고 돌아다니는 애도 있고.

리라는 그걸 시끄럽다고 부른다. 스크린 윈도우에 열여덟 개의 윈도우가 뜨고, 열여덟 명의 아이들은 각각 자신의 윈도우 안에서 떠들거나 움직인다. 수업시간에는 선생님과 아이들의 말이 문자로 바뀌어서 화면 아래에 흘러가지만, 쉬는 시간에는 그 기능이 사라진다. 아이들이 무슨 말을 하는지, 무슨 말을 듣고 웃었는지 리라는 알 수가 없다. 웃는다는 것도 얼굴의 움직임으로 알아채는 것이지 웃음소리라는 것을 들어본 적은 없다. 하지만 리라도 웃는다. 웃긴 일이 있으면 배에 힘이 들어가면서 입가가 풀어진다.

웃음. 시끄러움. 리라는 그 말들의 의미를 안다. 시끄럽다는 말에는 왠지 외롭다는 뜻이 같이 들어 있는 것 같다.

◇

「애들이 너무 시끄러워, 엄마.」

리라는 수업이 끝난 뒤 키보드를 쳐서 민정에게 불평을 보내고는 한다. 자기 방에서 일로 바쁜 민정은 대충 대답한다.

「애들은 원래 그래. 성숙한 네가 참아.」

휴. 리라는 한숨을 쉬고 커뮤니티로 들어간다. 친구들이 있는 곳이다. 방 이름은 토끼굴. 배수지가 그렇게 하자고 했다. 배수지는 다른 사람이 무슨 말을 하면 그걸 그냥 듣지 않고 캐묻거나 따진다. 그런 점은 좀 짜증나지만 한번씩 좋은 아이디어를 내서 감탄하게 된다. 장점과 단점. 다들 그렇지 않나. 좋은 점도 있고, 나쁜 점도 있다. 리라도 앨리스를 좋아해서 배수지의 아이디어가 마음에 들었다. 모니카와 43PP는 앨리스를 딱히 좋아하지는 않았지만 반대하지도 않았다. 배수지와 리라가 방을 열심히 꾸며서 토끼굴은 제법 그럴싸해졌다. 특히 방에 들어올 때 입구에 있는 주스를 마시면 키가 커지는 게 웃기다. 처음에는 네 명 다 방에 들어올 때마다 그 주스를 마셔서 넷 다 거인이 된 채로 정신없이 웃고는 했다.

작은 방 하나에 앨리스에 나오는 것들을 다 넣어놔서 조금 정신이 없다. 바닥에는 잔디를 깔았고, 장미 무늬 벽지를 바른 벽에는 커다란 창문을 달고 바깥에 나무들이 보이게 해놓았다. 방 가운데에는 식탁보를 씌운 긴 식탁을 놓았는데 식탁에는 장식용 찻잔들이 있다. 방 입구에는 시계를 든 토끼가 누군가를 기다리는 듯 서 있고, 방 오른쪽에는 체셔 고양이가, 창가에는 하트 여왕이 앉아 있다. 트럼프 병사들은 방 안을 돌아다니면서 아무에게나 경례를 한다. 배수지는 자기가 그 트럼프 병사들을 찾아와 설치하고서는, 이제는 그 병사들이 눈에 거슬린다며 방에서 안 보이도록 설정을 바꾸고는 한다. 리라의 눈에는 배수지가 하트 여왕처럼 보인다.

「학교 끝났어?」

리라가 토끼굴로 들어오자마자 #다리가 없는_모니카가 말을 걸었다. 어떤 어른들은 #다리가 없는_ 같은 해시태그를 싫어하지만 요새는 그게 유행이라 다들 그런 해시태그를 자기 이름 앞에 붙인다.

「#귀가 안 들리는_리라: 응, 드디어 탈출.」

「43PP: 그럼 이제 자유?」

「#귀가 안 들리는_리라: 아니, 이제 언어 센터 가야지.」

「#다리가 없는_모니카: 난 움직임 훈련 센터. 우리 엄마는 내가 거기 다니면 체조 선수라도 될 수 있을 줄 아나 봐.」

「#귀가 안 들리는_리라: 안 될 건 뭐야? 될 수도 있지.」

「#다리가 없는_모니카: 말도 안 되는 소리. 쫙 달라붙는 타이즈 입고 사람들 앞에서 뛰어다니라고? 절대 싫어.」

리라는 오늘 아침에 받은 초대 코드 얘기를 꺼낼까 말까 망설였다. 애들도 다들 받았을까?

잠깐 아무 말도 오가지 않는 사이 배수지가 들어왔다.

「#이름 없는 결핍_수지: 안녕. 왜 이렇게 썰렁해?」

배수지는 들어오자마자 트럼프 병사들을 없애버렸다. 하트 여왕 만세. 리라는 속으로 냉소했다. #이름 없는 결핍이라는 해시태그도 웃긴다. 저학년도 아닌데 '이름 없는 결핍'이라니. 너무 유치하다. 모니카와 43PP가 수지에게 인사했다. 「안녕.」

「#이름 없는 결핍_수지: 나 엄청 재밌는 초대 코드 받았다? 어젯밤에.」

「43PP: 무슨 초대?」

「#이름 없는 결핍_수지: 그건 비밀이지.」

모니카가 숫자들을 타이핑했다.

「#다리가 없는_모니카: 혹시 이거?」

「#이름 없는 결핍_수지: 너도 받았어?」

그럼 자기만 받았을 줄 알았나? 리라는 바로 할 말을 키보드로 두드렸다.

「#귀가 안 들리는_리라: 나도 받았어. 아마 수천 명은 받았을 걸? 아니, 수만 명? 수십만 명?」

「#이름 없는 결핍_수지: 정확히 몇 명인데? 알고 얘기하는 거야?」

「#귀가 안 들리는_리라: 글쎄? 검색해보면 나올 텐데 귀찮아.」

네가 해보든지. 리라는 뒷말을 삼켰다.

「#다리가 없는_모니카: 그래서 너희는 갈 거야?」

「43PP: 가고 싶은데 너희도 알다시피 난 몸이 없잖아. 솔직히 몸이 없는 사람들을 배려하지 않은 것 같아서 별로야.」

「#이름 없는 결핍_수지: 네가 왜 몸이 없어?」

「43PP: 내가 몇 번이나 얘기했잖아. 난 정신만 존재해. 몸과 분리됐어.」

「#이름 없는 결핍_수지: 그 말도 안 되는 소리 아직도 해? 그럼 지금 타이핑은 어떻게 치는데?」

「43PP: 내 뇌랑 연결된 키보드가 있어.」

「#이름 없는 결핍_수지: 거짓말.」

「43PP: 너의 믿음과 내 존재는 상관없단다. 넌 날 본 적도 없잖아.」

43PP의 스크린 윈도우에는 빛나는 구 형태만 보인다. 하얀 바탕에 파란빛으로 빛나는 구 하나. 43PP 같은 애들은 많다. 차이라면 43PP는 #몸과 정신이 분리된_ 해시태그를 안 쓴다는 것뿐이랄까? 43PP가 더 중증이라는 뜻이다. 43PP는 정말 자신의 몸과 정신이 분리됐다고 믿는 걸까? 리라는 솔직히 궁금하다.

「#이름 없는 결핍_수지: 어쨌든 난 갈 거야. 재밌을 것 같아!」

「#다리가 없는_모니카: 난 고민 중. 엄마한테 말하면 허락 안 할 것 같고, 가려면 혼자 가야 하는데 갈 수 있을지 모르겠어. 일단 시간이 너무 늦잖아. 밤 열두 시부터 시작이라니. 그 시간에 나가는 게 좀 무섭기도 하고.」

모니카가 간다면 리라도 가고 싶었다. 그렇다고 만날 수 있는 건 아니지만. 모니카는 바르셀로나에 사는데 벌써 친해진 지 4년이나 됐다. 제일 친한 친구. 모니카는 여섯 살 때 부모님과 차를 타고 여행을 가다가 큰 사고를 당했다. 그날 벌레폭풍이 유독 심해서 자동차의 자율주행 시스템에 문제가 생겼다고 했다. 모니카의 양쪽 다리뼈는 으스러졌다. 모니카의 엄마는 벌레 폭풍이 심한 날 여행을 가자고 고집을 부린 아빠를 탓했고, 아빠는 그런 날 여행을 갈 수밖에 없었던 건 항상 바쁜 모니카의 엄마 때문이었다고 비난했다. 모니카가 큰 수술을 몇 번이나 받는 동안 모니카의 엄마와 아빠는 헤어졌다. 모니카는 지금 엄마와 살고 있다. 리라처럼. 리라에게는 애초에 아빠라는 존재가 없다는 차이가 있긴 하지만 말이다.

「#이름 없는 결핍_수지: 넌 어쩔 거야?」

배수지가 리라에게 물었다. 리라는 잠시 간격을 두고 대답했다.

「#귀가 안 들리는 리라: 나도 고민 중.」

◇

'태어나면서부터 장애가 있는 게 나을까, 나중에 장애가 생기는 게 나을까?'

리라는 두 개의 구강 모니터가 뜬 스크린 윈도우 앞에서 잠시 딴생각에 잠겼다. 모니카에게 사고 전에 걸었던 느낌이 기억나는지 물어본 적이 있는데 모니카는 어렴풋한 기억은 있다고 했다. 「걸어 다녔던 느낌보다는 다리가 아픈 게 뭔지 몰랐던 때의 내가 부러워. 지금은 매일 아프니까. 아주 다양한 느낌으로 아파. 엄마 아빠가 슬퍼할까 봐 말한 적은 없지만 솔직히 안 아팠던 옛날이 미치도록 그리울 때가 있어. 지금이 최악이라는 건 아니고. 하여튼 이거 비밀인 거 알지? 내가 방금 한 말들 다!」

물론 리라는 비밀을 지켰다. 리라와 모니카는 서로를 믿는다. 리라도 모니카에게는 엄마에게 말하지 못할 것들을 말할 수 있다. 하지만 모니카에게 말할 수 없는 것도 너무 많다. 열두 살은 비밀이 많아지는 나이다. 리라는 그 사실에 가끔 가슴이 저릿하다.

리라는 계속 생각했다. 모니카처럼 그리워할 옛날이 없으니 처음부터 장애를 갖고 태어난 자신 쪽이 더 운이 좋은 것 같기도 하다. 적어도 있던 것이 사라진 허전함은 없으니까. 하지만 듣는 감각이 무엇인지 평생 모르고 사는 것보다는 상실감을 느끼더라도 소리라는 걸 들어본 적이 있는 편이 나은 것도 같다.

'그럼 처음부터 아빠가 없는 게 나을까, 나중에 없어지는 게 나을까?'

마흔일곱 번째 엄마만 있는 아이. 민정은 단독 난자를 배양해 리라를 얻었다. 리라는 세 살 때 엄마와 함께 #엄마만 있는 아이_47번째 해시태그 계정도 만들었지만 지금은 쓰지 않는다. #엄마만 있는 아이_47번째 태그는 어쩐지 부담스러웠다. #귀가 안 들리는 태그는 쓰는 사람들이 워낙 많아서 개성을 드러낼 수 있으면서도 크게 튀지 않고 묻힐 수 있지만, #엄마만 있는 아이_47번째 태그는 리라만의 것이다.

〈그게 좋은 거야. 특별하잖아.〉

민정은 그렇게 말했지만 리라는 그런 식으로 특별하다는 게 부담스럽다.

'내가 선택한 것도 아니잖아. 그러니 자랑스럽지 않아.'

지금보다 훨씬 더 어렸을 때 리라는 민정과 싸우다 아빠를 데려오라고 따진 적이 있다.

〈나도 아빠가 있었으면 좋겠어! 왜 멋대로 엄마 혼자 날 만든 거야?〉

민정은 진지하고 심각한 얼굴로 물었다.

〈아빠가 있었으면 더 좋았을 것 같니?〉

리라는 고개를 끄덕였다. 하지만 그건 그때 뭔가가 마음대로 안 돼서 부린 투정이었다. 아빠가 있는 게 좋았을지 아닌지, 청각 장애를 갖지 않고 태어나는 게 더 좋았을지 그렇지 않은지 리라는 아직 결론을 내리지 못했다. 그 문제에 관해서는 영원히 답을 알지 못할 것 같다.

〈리라, 집중!〉

선생님이 수어로 주의를 줬다.

리라는 언어 센터의 차분한 분위기가 좋았다. 학교에서는 쉬는 시간에 애들이 쉴 새 없이 입을 움직이는 속에서 혼자 가만히 있는 게 싫다. 누가 말을 걸면 말을 할 때도 있지만 발음이 이상하게 들릴까 봐 신경이 쓰여서 피곤하다. 언어 센터에 오면 그런 걱정을 하지 않아도 되고 모두가 당연하다는 듯이 수어를 써서 마음이 편하다.

리라는 스크린 윈도우를 보고 두 개의 구강 모니터가 있는 윗부분에 뜬 문장을 읽었다. 읽기 연습용 문장은 다양했는데 오늘은 문학, 그중에서도 시 지문이 나왔다.

잃어버렸습니다.
무얼 어디다 잃었는지 몰라
두 손이 주머니를 더듬어
길에 나아갑니다.

왼쪽 모니터가 먼저 문장을 읽고 입술과 혀, 윗니와 아랫니가 어떻게 움직이는지 보여줬다. 리라는 모니터를 주의 깊게 살피면서 입의 움직임을 따라 했다. 말을 한다는 건 입을 이용해서 하는 체조와 같다. 입술과 혀, 치아가 각각 따로 움직이면 안 되고 동시에 리드미컬하게 정해진 동작을 해야 한다.

'잃'은 '일', '잃어'는 '이러'라고 발음한다. '일'은 혀를 입천장에 붙이면서 소리를 내는데 '이러'는 혀를 안쪽으로 차면서 소리를 낸다. '이러'까지는 잘 되지만 '버렸습니다'는 조금 더 어렵다. 윗입술과 아랫입술을 붙였다 떼면서 '버' 하는 소리를 내는 건 이제 잘할 수 있지만 거기에 '렸'을 바로 이어서 '잃어버렸습니다'를 말하는 건 쉽지 않다.

그래도 이 시는 한 달 전부터 연습한 것이라 한 연 정도는 금방 넘어간다. 왼쪽과 오른쪽 모니터에 뜬 구강의 움직임이 90

퍼센트 이상 일치했다. 모니터에 동그라미가 뜨고 다음 연으로 넘어갔다.

돌과 돌과 돌이 끝없이 연달아
깊은 돌담을 끼고 갑니다.

쉬운 것도 어려운 것도 같은 문장이다. 벌써 혀가 약간 얼얼했다. 누군가는 소리가 안 들리는데 말하는 연습을 해야 하니 얼마나 힘들겠느냐고 가엽다는 듯 말했지만(키보드로 두드린 말이었다) 말을 입으로 하는 체조라고 생각하면 가여울 것은 전혀 없다. 같은 문장을 수없이 연습한 끝에 혀와 입술의 동작이 딱딱 맞아떨어져서 어느 순간 모니터에 '100% 일치'가 뜰 때의 희열을 그 사람은 평생 모를 것이다.

리라는 왼쪽 모니터와 오른쪽 모니터를 번갈아 보면서 입을 움직이는 데에 집중했다. 얼른 진도를 떼고 다음 레벨로 넘어가고 싶다. 민정은 리라가 다음 레벨로 넘어가는 날 아무거나 갖고 싶은 것 하나를 사주기로 했다. 갖고 싶은 건 너무 많다. 2020년에 이케아에서 나온 컵(리라는 빈티지 그릇에 관심이 많다. 민정은 네가 80년 전에 생산된 물건을 좋아할 나이냐고 혀를 쯧쯧 차지만), 2020년대에 나온 플레이모빌들(플레이모빌 수집은 이모 포포의 취미이기도 했다), 종이 그림책들(이 역시 처음 관심을 가진 건 포포가 소개한 종이책들을 보고 나서였다. 포포는 지금도 한번씩 사람들에게 옛날에 나왔던 종이책들을 소개한다. 심지어 직접 만들기도 하는데, 리라도 그 매력에 흠뻑 빠져서 종이책 만드는 걸 업으로 삼을까 진지하게 고민했었다. 하지만 리라가 열 살 때 만든 종이책들은 너무 조잡했고, 리라는 포포의 격려에도 불구하고 포기해버렸다. 리라에게는 포포와 같은 손재주가 없었다).

하지만 역시 하나만 골라야 한다면 당장은 새 미니 윈도우가 필요하다. 지금 갖고 있는 미니 윈도우는 3년 전에 나온 구형이라 불편한 게 많다. 심지어 어린이용이다! 그것도 알록달록한 꽃무늬가 있는 어린이용! '어린이'가 붙지 않은 미니 윈도우가 절실하게 필요하다. 민정은 밖에 잘 나가지도 않는데 그거면 충분하지 않느냐고 하지만, 모르는 소리다. 학교나 언어 센터처럼 스크린 윈도우에 다른 걸 띄워서는 안 되는 장소에서는 손목에 찬 미니 윈도우만이 희망이다. 물론 밖에 있을 때는 말할 것도 없고.

◇

"엄마, 오늘도 늦게까지 일할 거야?"

리라는 구화로 말하다 미니 윈도우에 있는 키보드를 두드려 민정에게 화면을 보여줬다.

「엄마, 그냥 이걸로 하면 안 돼?」

"안 돼."

민정은 입 모양을 확실히 하며 말하고 고개를 저었다.

"왜?"

이 발음은 쉬웠다. 입술을 모았다가 벌리며 소리를 앞으로 내보내기만 하면 된다.

마주 보고 있을 때, 그러니까 각자의 방에서 스크린 윈도우로 얘기를 나눌 때가 아니면 구화나 수어를 쓰는 게 민정과 리라 사이의 규칙이다. 리라는 이 규칙이 몹시 불편하지만 민정은 몇 가지 규칙에서만큼은 엄격하다.

〈너 입 있잖아.〉

민정이 수어로 말하고 입술을 손가락으로 한 번 더 두드렸다.

〈있으면 써야지. 아깝잖아.〉

민정은 리라보다 수어를 못 해서 수어로 말할 때는 가능한 한 말을 짧게 한다. 이모 포포는 그게 다행이라고 했다.

「네 엄마 잔소리가 얼마나 긴 줄 알아? 난 그 잔소리 때문에 귀에 하도 딱지가 앉아서 귓속에 퇴적층이 생긴 것 같다니까.」

그때 리라는 이렇게 말했다.

「나도 알아. 엄마가 잔소리를 키보드로 두드려서 할 때는 진짜 장난 아니거든. 한번은 복사해서 끌어다가 몇 자인지 봤는데 1700자였어. 쉬는 호흡 없이 한 번에 1700자.」

리라는 포포를 한 번도 직접 만난 적이 없다. 어른들은 감염에 너무 민감하다. 민정은 만나도 괜찮다고 했지만 포포가 문제였다. 포포는 리라가 지금은 아직 어리니 좀 더 커서 면역력이 더 강해진 후에 만나자고 했다.

「그게 언젠데? 내가 몇 살이 되면 만날 수 있어?」

「글쎄, 열여덟 살쯤?」

「말도 안 돼! 그때까지 어떻게 기다리라고.」

「금방 될 거야. 나도 너 너무 보고 싶어, 리라.」

리라와 포포는 항상 스크린 윈도우로만 만났다. 리라가 태어난 후에 포포도 수어를 계속 연습했다. 언어 센터에서 선생님에게 수어를 배우긴 했지만, 리라는 포포와 서로 서툰 수어로 많은 얘기를 나누면서 손으로 하는 말에 익숙해졌다.

요새는 웬만한 소통은 키보드를 두드려서 할 수 있어 농인 중에서도 수어를 쓰지 않는 사람들이 꽤 있다. 특히 리라 또래가 그런 경향이 강하다. 어차피 스크린 윈도우로만 사람을 만나는데 수어를 배워서 뭐 하냐는 거다.

실제로 언어 센터에서 의무적으로 수어를 배우면서도 센터 밖에서는 수어를 쓸 일이 없어 실력이 늘지 않는 애들도 많다. 부모도 농인인 경우에는 갈등이 생겼다. 부모 세대 농인은 수어에 능숙하고 아이들에게 수어를 가르치려 하지만, 아이들은 키보드를 두드리는 것에 비해 수어가 힘들어서 잘 안 쓰려고 한다.

다들 돌이 되기 전에 수어를 배우기 시작해 서너 살까지는 그냥 쓰지만, 본격적으로 다른 애들과 어울리게 되면서 사회생

활을 시작하면 키보드를 써서 말을 할 때가 훨씬 많아진다. 그러다 보면 결국에는 부모와 이야기할 때 말고는 수어를 쓰지 않게 된다.

요즘 농인 커뮤니티에서는 그 문제가 중요한 화제였다. 민정은 리라와 그런 일들을 함께 이야기했고, 논의 끝에 '얼굴을 마주 보고 있을 때는 무조건 수어나 구화'라는 규칙을 정했다. 그게 얼마나 효과가 있을지는 모르겠지만 일단은 그렇게 해보기로 한 것이다.

〈엄마, 오늘 일 많아?〉

리라는 손을 움직여 말했다. 이제 입으로 말하기 지쳤다.

〈아니, 오늘은 일 많이 없어. 같이 잘까?〉

민정이 수어와 구화를 동시에 써서 물었다.

〈아니. 나 아기 아니야.〉

"피."

민정이 웃었다.

〈같이 자는 거 좋아하면서. 빼기는.〉

〈아니거든!〉

리라가 엄지와 검지만 편 손을 바깥쪽으로 세게 돌리며 눈을 흘겼다. 열두 살이나 됐는데 엄마는 맨날 애 취급이다.

'하여튼 매사에 장난이야.'

하지만 오늘은 민정이 일이 많이 없다니 마음이 놓였다. 민정은 종종 밤새 일하고는 했다. 만약 오늘 민정이 그렇게 밤을

새워 일했다면 모든 게 수포로 돌아갔을 것이다.

◇

리라는 헬멧과 보호 장갑에 두툼한 신발을 신고 거기에 우비처럼 생긴 보호 망토까지 걸친 뒤 바깥으로 나갔다. 엄마가 방에 들어왔다 나가고 한 시간을 기다렸지만 안심이 안 돼서 30분을 더 누워 있다가 슬며시 일어나 옷을 입었다.

한 시간 후면 자정이다. 리라는 이렇게 깊은 밤에 바깥에 혼자 나와본 적이 없었다. 동네는 한눈에 훤했지만 밤이 되니 거리가 완전히 달라 보인다.

'버스 정류장까지만 가면 돼.'

심야 버스는 30분에 한 대씩 온다. 목표는 23시 30분 버스다. 그 버스를 놓치면 지각이다. 버스를 타고 다섯 정거장. 거기까지만 가면 된다. 리라는 심호흡을 한 뒤 지도를 켰다.

지금 서 있는 위치와 건물들, 그리고 벌레 떼의 위치가 지도에 뜬다. 목적지는 미리 설정해두고 나와서 버스 정류장 위치에 꽂힌 핀이 반짝거린다. 도보 6분. 별 거 아니다. 실은 지도를 켤 필요도 없었다. 버스 정류장이 어디 있는지쯤은 알고 있으니까.

'가만히 서 있으면 안 돼.'

이제 집 밖으로 나온 것뿐인데 갑자기 겁이 났다.

'이상한 사람이 말을 걸면 어떡하지?'

리라는 어떤 사람이 자신을 번쩍 들어 어깨에 메고 어둠 속으로 사라지는 모습을 상상하고는 고개를 저었다. 생각만 해도 무서워서 몸이 움츠러든다.

'아니면 벌레들이 덮칠 수도 있어.'

벌레들은 무자비하다. 애원한다고 봐주지도 않고, 어른이 아닌 것을 감안해주지도 않는다. 벌레들이 덮치는 상상을 하면 몸이 근지럽고 끔찍한 기분이 들었다. 한 마리에게만 물려도 감염될 확률이 높다. 벌레에 감염되면 50퍼센트 확률로 죽는다. 죽지 않는다고 해도 부분적 마비나 기억력 퇴화, 청력 상실 등의 후유증이 남을 수 있다.

'후유증이 남는다면 청력 상실이 좋겠네.'

리라는 그렇게 생각하고는 혼자 웃겨서 어둠 속에서 킥킥거렸다. 하여튼, 이런 생각은 집에서 했어야 했다. 물론 집에서도 나쁜 일이 일어날 가능성을 생각해보지 않은 건 아니지만 그때는 그런 일이 진짜 일어날 것 같지 않았다. 하지만 막상 어둠 속에 혼자 있으니 상상했던 나쁜 일들이 진짜 다 말이 되는 것처럼 느껴졌다.

'돌아갈까?'

리라는 문 쪽을 돌아보며 생각했다. 아직은 되돌릴 수 있다. 당장이라도 어둠 속에서 나쁜 사람이나 벌레 떼가 튀어나와 자신을 덮칠 것 같아 두려웠다.

'아냐, 눈 딱 감고 버스 정류장까지만 가면 돼. 일단 가보자.

겨우 마음먹고 나왔는데 아무것도 못 하고 그냥 집으로 들어갈 수는 없잖아.'

리라는 숨을 들이마시고 걷기 시작했다. 버스 정류장까지 도보 6분. 그것만 생각하며 걸었다. 벌레 몇 마리가 머리 위에서 윙윙거렸지만 고개를 숙이고 빨리 걷자 쫓아오지는 않았다. 벌레들은 사방에 있었다. 며칠 후면 벌레폭풍이 온다고 했는데 슬슬 시작되는 모양이다.

◇

리라는 간신히 시간에 맞춰 버스에 탔다. 정류장에서 버스를 기다리는 시간이 너무 길게 느껴졌던 터라 무사히 버스에 탄 것만으로도 마음이 편안해졌다. 버스 안에는 아무도 없다. 민정은 옛날에는 사람이 버스를 운전했다고 했다. 민정도 아주 어렸을 때는 사람이 운전하는 버스를 타고 다녔다고. 하지만 사람은 졸기도 하고 앞에 있는 걸 실수로 못 보기도 하지 않나? 위험하지 않았느냐고 묻자 민정은 고개를 저었다. 〈그때가 더 좋았어.〉 민정은 그런 면에서 옛날 사람이다.

사람이 운전하지 않아서 다행이다. 만약에 옛날처럼 사람이 버스를 운전했다면 기사는 리라에게 물었을지도 모른다. 어린 학생이 이 밤에 혼자 어디를 가느냐고. 리라는 버스 맨 뒷자리에 앉아 창밖을 봤다. 심야 버스라니. 그것도 혼자서. 가슴이 두

근거렸다.

'나오길 잘했어.'

리라가 세 살 때 대규모 벌레폭풍이 왔다. 민정은 그게 세 번째 대규모 벌레폭풍이었다고 했다. 민정은 그해나 그다음 해부터 리라를 어린이집에 보낼 생각이었지만 벌레폭풍 때문에 계획이 어그러지는 바람에 일이 곤란해졌다. 육아휴직을 더 연장할 수도 없었다. 민정은 그때 처음으로 직장을 그만둘까 심각하게 고민했다. 그러나 그만두지 않고 어떻게든 버텼고 민정은 지금 그 결정을 만족스러워한다. 하지만 힘들기는 정말 '오질나게' 힘들었다고 민정은 말했다.

학교에 들어가기 전 1년 동안 리라는 스크린 윈도우를 통해 교육 받았다. 스크린 윈도우를 5단계로 설정하면 리라의 방에 어린이집 공간이 덧씌워졌다. 최초의 가상 공간 어린이집. 리라의 세대는 최초로 경험하는 것이 많았다. 어린이집으로 꾸며진 가상 공간에 리라는 꽤 잘 적응했고 친구들도 사귀었다. 그러나 다음 해에 들어간 학교는 그런 식으로 일이 돌아가지 않았고…… 리라는 점점 학교와 멀어졌다. 다른 커뮤니티들이 없었다면 정말 힘들었을 것이다.

리라가 태어난 지 3년이 되었을 때 왔던 것과 같은 대규모 벌레폭풍은 그 이후로는 없었지만 작은 벌레폭풍은 정기적으로 찾아온다. 주기가 점점 더 빨라지는 것 같다. 지금은 그래도 벌레들이 많지 않은 날이면 잠깐씩 외출도 하지만 미래 세대는 아예 바깥이라는 것을 경험하지 못할 수도 있다고 예측하는 사람들이 있다.

리라는 환경 과목 시간에 그런 것들을 배우며 자랐다. "그럼 우리는 어떻게 해야 할까요?" 리라가 초등 저학년일 때 환경 과목 선생님은 자주 이렇게 묻곤 했다. 애들이 어떻게 대답했더라? 기억이 나지 않는다. 그럼 우리는 어떻게 해야 할까? 다섯 살 때는 벌레들을 물리치는 기사가 되는 것이 꿈이었다.

'그때는 정말 진심이었는데.'

리라는 어린 나이였던 자신을 떠올리며 피식 웃었다. 지금은 뭐가 되어야 할지 모르겠다. 현실적으로 벌레와 싸우는 방법을 연구하는 사람? 그런데 벌레랑 싸운다는 게 맞는 건가? 리라의 외할머니인 명희는 자신이 남극에 있는 건 벌레들과 화해하기 위해서라고 했다.

「화해?」

리라는 키보드를 쳐서 명희에게 물었다.

「그래, 지금 우리는 벌레들과 전쟁을 벌이고 있는 거야. 일이 많이 꼬였지만 맨 처음으로 거슬러 올라가면 원인을 제공한 건 인간 쪽이야. 벌레족과 인간족이 전쟁을 하고 있는 거지. 처음 원인을 제공한 게 우리니까 우리가 먼저 화해하자고 손을 내밀어야지. 내 생각은 그래. 내 생각에는 그게 맞는 것 같아.」

리라는 그때의 대화를 종종 생각한다. 화해라. 더 어렸을 때라면 벌레들에게 먼저 사과를 하고 미안하다고 말하면 될 거라고 말했겠지만 지금은 모르겠다. 벌레들과 어떻게 화해를 하지? 사람들은 벌레들을 죽여야 한다고 말한다. 몰살이나 말살 같은 무서운 말들을 쓰면서.

어떤 사람들, 명희와 같은 사람들은 벌레들과 화해하고 인간의 실수로 생긴 일들을 수습해야 한다고 한다. 자연과의 화해, 회복. 잘 모르겠다.

어른들은 벌레가 인간의 공동체를 붕괴시키고 있다고 말한다. 아이들은 스크린 윈도우로만 관계를 맺고, 실제 세계에서 사람을 만나는 걸 두려워하게 되었다고. 리라도 친구들을 실제로 만난 적은 한 번도 없다. 모두 스크린 윈도우를 통해서 만나고 헤어진다. 하지만 '실제'라는 게 무엇일까? 리라는 그것을 경험하기 위해 버스를 타고 어두운 거리를 달리는 중이다.

◇

정류장에는 아무도 없었다. 불길했다. 초대 코드가 가짜일지도 모른다는 생각이 그제야 리라의 머릿속을 스쳤다. 하지만 초대장은 진짜 같았고 안전해 보였다. 도착하면 안내원이 있을 것이라 했다. 그러나 여기 이곳에 안내원은 없다.

사기일까? 어쩌면 이 어둠 속에 범죄자들이 있을지도 모른다. 그 생각을 하자 심장이 덜컹 내려앉았다. 엄마에게 전화할까? 민정은 자고 있을 것이다. 원래 민정은 매일 밤 세상모르고 잠든다. 불면이라는 걸 모르는 사람이다.

리라는 심호흡을 했다. 갑자기 모든 것이 막막하게 느껴졌다. 텅 빈 길이 무서웠다. 그러다 어둠 속에서 사람 하나가 나타났다. 리라는 정류장 안으로 도로 들어갔다. 정류장은 그나마 조명이 켜져 있어 환하고 비상벨도 있어서 어두운 길에 무방비로 서 있는 것보다 안전한 기분이 든다.

리라는 정류장 안에 서서 길에 나타난 사람을 지켜봤다. 잘 보니 한 사람이 더 있다. 리라 또래로 보이는 여자애다. 처음 보였던 사람은 성인 남자다. 둘은 손을 잡고 있지는 않지만 친밀해 보인다. 딸과 아빠 사이 같다.

'난 저렇게 걸을 일은 평생 없겠지.'

문득 상실감이 깃든다. 잃어버린 것도 없는데 왜 잃어버린 기분이 들까? 오늘 언어 센터에서 연습했던 문장들이 떠올랐다.

잃어버렸습니다. 무얼 어디다 잃었는지 몰라 두 손이 주머니를 더듬어 길에 나아갑니다.

리라는 언어 센터의 구강 모니터를 떠올리며 입을 천천히 움직여보았다.

잘했나? 제대로 했나? 여기에는 리라의 입을 보여주는 모니터가 없어서 알 수가 없다. 미니 윈도우로 구화 연습 프로그램을 켜면 볼 수 있지만 별로 내키지 않는다. 지금은 그럴 여유가 없다.

정류장 밖, 어두운 길에 또 한 사람이 나타난다. 한 사람, 두 사람, 세 사람. 모두 리라 또래다. 그 애들은 등에 배낭을 멨다. 셋 다 절룩거리는 걸음인데, 일행인 것 같다. 그 뒤에 어른이 따라간다. 그도 절룩거린다.

어둠 속에서 계속 사람들이 나타난다. 리라는 겨우 경계심을 풀고 정류장 바깥으로 나선다. 사람들은 모두 한쪽 방향으로 가고 있다. 20분 후면 자정이다.

◇

리라는 사람들 뒤를 따라간다. 거리를 두고. 걸을수록 사람이 점점 많아졌다. 일직선 길로 계속 직진이다. 여럿이서 걷는 사람들도 있고, 리라처럼 혼자 걷는 사람들도 많다. 들뜬 분위기는 아니다. 단체 한 무리가 리라의 옆을 지나간다. 스무 명은 되어 보인다. 아니, 서른 명이 넘을 것 같다. 어쩌면 50명에 가까워 보이기도 한다. 리라는 그들이 다운증후군이 있는 사람들이라는 걸 알아차린다. 리라는 그들의 커뮤니티에 몇 번 가보기도 했고, 여러 커뮤니티들이 모였을 때 어울려 놀기도 했었다. 그들의 소통 방식은 다소 낯설었지만 그중에는 놀라울 정도로 똑똑한 사람들도 있었다. 리라는 그중 한 명에게 호감을 가졌지만 그 사람은 리라가 싫다고 했다. "난 너 마음에 안 들어." 리라는 그 직설적인 표현에 깜짝 놀랐다.

상공에 벌레들이 날아다니지만 크게 신경 쓰는 사람은 없다.

보호 장비만 제대로 입었다면 그리 위험하지 않다는 걸 누구나 안다. 답답하다고 함부로 헬멧이나 장갑을 벗었다가는 큰일 나겠지만. 벌레폭풍이 오지 않는 이상은 괜찮다. 잠깐 길을 걷는 것 정도는 아무 문제도 없다. 벌레폭풍이 온다는 예보가 없는 날이라 초대 코드가 온 것이다. 리라는 뒤늦게 깨닫는다.

갑자기 길이 막힌다. 걸어가던 사람들이 주춤거리며 선다. 사람들이 줄을 서고 있다. 처음 해보는 일이지만 리라도 침착하게 사람들을 따라 하며 앞사람의 등을 보고 선다.

줄은 천천히 줄어들면서 앞으로 나아간다. 리라는 한 칸씩 앞으로 나아가다가 문득 호기심이 생겨서 뒤를 돌아본다. 어느새 리라의 뒤에도 길게 줄이 생겨 있다.

입구를 알리는 표시는 없다. 당연히 문턱도 없다. 앞에 두 사람이 좁은 길목을 통과하면 다음은 리라의 차례다. 한 사람, 그 뒤에 한 사람이 빨려 들어가듯 길목 너머로 사라진다. 앞에 섰던 사람은 덩치가 컸다. 그 사람도 보호자였다. 보호자와 함께 온 아이는 휠체어를 타고 있었다. 모니카처럼. '저 애도 #다리가 없는_ 해시태그를 쓸까?' 리라는 생각했다.

리라가 한 발짝 디딘다. 그렇게 앞으로 한 발짝 더 나간 순간 처음 보는 광경이 눈앞에 펼쳐진다. 많은 사람들. 아주 많은 사람들. 리라 또래의 아주 많은 아이들. 리라는 그 애들이 자신과 같은 나이라는 것을 안다. 안내원들이 양쪽에서 리라에게 환영한다고 말한다. 안내원들도 리라 또래다. 안내원들 중 한 명이 리라가 듣지 못한다는 걸 눈치채고 환영한다는 몸짓을 지어 보인다. 손으로 하는 말은 아니었지만 리라는 그 애가 무엇을 말하려는지 느낀다. 반가워. 환영해. 네가 와서 기뻐.

광장 가운데에 거대한 전광판이 있다. 숫자가 떠 있다. 60.

리라는 두리번거리며 누군가를 찾는다. 누굴 찾는지 스스로도 모른다. 하지만 뭔가, 뭔가가 있을 것 같다. 지금 이 순간을 함께할 만한.

그때 미니 윈도우가 진동한다. 리라는 잠시 멈춰 서서 화면을 본다. 친구들이 리라를 부른다. 모니카는 다른 광장에 있다. 바르셀로나의 광장에.

모니카가 타이핑을 친다. 「여기 너무 좋아!」 43PP도 말한다. 「나도 지금 너희 보고 있어.」 파란빛의 구가 깜빡거린다. 「넌 지금 어딨어? 네 위치 좀 보내줘.」 수지다. 배수지. 수지와 리라는 서로에게 현재 위치를 보낸다. 리라와 수지는 가까운 곳에 있다. 지도에서 두 개의 빨간 점이 깜빡거리며 빠르게 가까워진다. 이제 둘은 같은 위치에 있다.

수지가 입을 움직인다. 리라는 입 모양을 읽고 고개를 끄덕인다. 그리고 같은 말을 되돌려준다. 입이 똑같이 움직이지는 않았을 것이다. 어떤 소리가 났을지 모르겠다. 그래도 그 애가 평소처럼 미간을 찌푸리지 않고 환하게 웃는 걸 보면 입 모양 동작이 90퍼센트 이상은 일치한 것 같다.

10. 리라는 전광판에 뜬 숫자를 보고 마음이 급해져서 수지

에게 손을 흔든다. 입으로 '이따 봐' 동작을 하면서.

　9. 사람이 너무 많다. 리라는 인파를 헤치고 주변을 두리번거리며 앞으로 간다.　8.

　　　　　　　7.

　　　　　　　　　6. 찾았다. 작은 캠프파이어에 한 무리의 아이들이 서 있다. 리라는 한눈에 그들을 알아본다. 자신과 같은 세계의 아이들을.

　캠프파이어 뒤로 보이는 전광판의 숫자가 하나씩 낮아진다. 이제 광장에 모인 사람들은 모두 팔을 위로 높이 치켜들고 손가락을 하나씩 접고 있다. 리라도 한 팔을 든다.

　　　　　　5.

　　　　　4.

　　　　3.

　　　2.

　　1.

　전광판 속 숫자가 사라지고 폭죽과 불꽃 이미지가 눈부시게 반짝거리는 순간, 캠프파이어에 모여 선 아이들이 손을 움직인다.

　〈생일 축하해!〉

　리라도 손을 움직인다. 두 손을 둥글게 모았다가 위에서 아래로 터뜨리듯이 펴고 바로 이어서 엄지와 검지만 펴서 일직선 위로 올린 후 다시 손을 모았다가 폭죽처럼 터트린다. 이번에는 동작이 맞는지 걱정하거나 의심할 필요가 없다. 같은 언어로 말하는 아이들이 앞에 서 있으니.

리라는 자신이 받았던 초대장의 제목을 떠올렸다.

'스크린 윈도우 밖으로 나와 우리의 생일을 함께 축하합시다. 우리의 열두 번째 생일을.'

그 초대장은 편지에 가까웠다. 리라는 긴 초대장을 읽으며 초대장이 누군가를 초대하기 위해 쓰는 편지일 수도 있다는 것을 처음으로 깨달았다. 리라에게 초대장을 보낸 아이들은 같은 해에 태어나 올해로 열두 살을 맞이한 사람은 누구나 파티에 올 자격이 있다고 썼다(대표로 편지를 쓴 아이는 자신들도 열두 살이라고, 벌레폭풍 때문에 매일 집에 갇혀 지내는 생활이 지긋지긋해서 친구들과 대규모 생일파티를 계획했다고 밝혔다).

열두 살을 맞이한 사람은 누구나 파티에 올 자격이 있습니다. (사랑하는 사람들을 데려와도 환영!)

그 결과가 지금 광장에 모인 수많은 인파다. 각자 익숙한 보호구를 쓰고 광장에 모인 사람들. 세상의 모든 열두 살들과 그들의 부모, 형제, 친구. 이들은 축하하기 위해 모였다.

'무엇을?'

리라는 생각했다. 어쩌면 태어난 것 자체를, 태어나서 열두 번째 해를 무사히 맞이한 것을, 그러니까 존재 자체를 축하하고 기뻐하기 위해 모인 것이 아닐까? 네가 태어나서 여기 존재하는 것이 기쁘다고 말해주기 위해서 말이다.

손목에 찬 미니 윈도우가 다시 진동한다. 리라가 화면을 보기 전에 캠프파이어에 선 아이들 몇이 웃는 얼굴로 리라의 뒤를 가리킨다.

리라는 뒤돌아본다. 민정이 거기에 있다. 장난스러운 표정으로. 리라는 놀랐다가 곧 크게 입을 벌려 웃는다.

민정이 손을 움직여 말한다.

〈생일 축하해, 내 딸. 열두 살 생일 축하해.〉

오늘은 리라가 태어난 날은 아니다. 파티를 계획한 누구의 생일도 아니다. 하지만 초대장을 보낸 아이들은 무작위로 하루를 정해 함께 축하하는 자리를 만들자고 했다. 올해부터 생일파티를 시작하자고. 벌레폭풍이 오기 전까지는 파티를 즐겨도 괜찮지 않겠느냐면서.

그 시가 다시 생각났다. '잃어버렸습니다. 무얼 어디다 잃었는지 몰라 두 손이 주머니를 더듬어 길에 나아갑니다.' 잃어버린 기분인데 무얼 어디다 잃어버렸는지 몰라 주머니를 더듬으며 길을 걷는 기분. 리라는 그 기분을 잘 알았다. 듣는 것. 아빠. 그런 것들. 처음부터 가지고 태어나지 않았으니 잃어버린 것은 아니다. 하지만 뭔가를 잃어버린 기분이었다.

그런데 이 광장에서 이해할 수 있을 것 같은 사람들 속에 서 있으니 양쪽 주머니에 만져지는 것이 하나씩 든 것 같다. 그것들은 태어날 때부터 리라의 주머니에 들어 있었다. 리라는 자랑스러운 기분이 들었다. 자신이 그런 것들을 가지고 태어났다는 것에 대해서.

인어의 걸음마

이유리

◇

2020년 《경향신문》 신춘문예에 〈빨간 열매〉가
당선되며 작품 활동을 시작했다. 문학 플랫폼
'던전' 운영진.

이 이야기의 마지막 문장에 마침표를 찍은 날
저녁, 온라인 게임을 하고 있을 때였다. 잠깐 집
중이 흐트러져 실수를 한 내게 우리 편 팀원이
ㅈㅇ?라는 채팅을 보냈다. 그게 무슨 뜻인지 게
임이 끝난 뒤에야 이해했고 속수무책으로 참담
해졌다. 내가 만들어낸 이 세계와 모니터 저편의
세계는 같을까, 다를까. 같다면 어떻게 같고 다
르다면 어떻게 다를까.

서기 3540년 2월 28일, 수요일인 오늘은 내 열두 번째 생일이야.

뭐, 생일이 특별한 날은 아니라는 거 알아. 열두 살이면 알 건 다 아는 나이잖아. 그런데 아무리 그래도 그렇지, 생일날이 곧 제삿날이 될 뻔한 건 좀 심하지 않나. 아침에 일어나보니 엄마는 이미 출근한 지 오래였고, 나가면서 보일러를 꺼놓고 가는 바람에 집 안 수온이 5도 아래까지 떨어져 있었어. 덕분에 하나뿐인 딸이 냉동 생선이 돼버릴 뻔했다는 건 알려나 모르겠네. 자는 내내 아가미로 들이마신 차가운 물 때문에 온몸이 꽁꽁 얼어붙은 것 같아. 지느러미를 쭉 뻗으며 기지개를 켜니 몸 군데군데에서 뚜둑, 뭐가 부서지는 소리가 나네. 하지만 뭐, 익숙해. 매일 아침 겪는 일이니까. 우리 집은 가난하거든. 밤새도록 수온 조절기를 돌릴 형편은 못 된다는 뜻이지.

"좋은 아침! 생일 축하해!"

발목 부근에서 경쾌한 아침 인사가 들려. 나는 하품을 하며 바이오워치 옆면을 두 번 톡톡 쳤어. 이렇게 두 번 치는 건 터치 언어로 '고맙다' 혹은 '이제 됐으니까 조용히 해'라는 뜻이야.

"고맙긴, 오늘 즐거운 하루 보내!"

바이오워치가 대답했어. 즐거운 하루라. 오늘 즐거운 하루를 보낼 수 있을까? 천천히 침대에서 일어나 방을 나왔어. 거실 식탁에 엄마가 아침밥을 차려놓고 갔을 거거든. 그래도 생일이니 뭔가 특별한 메뉴가 있을까 기대했는데, 쳇. 평소랑 똑같은 레토르트 생선 파우치야. 다진 생선살을 죽처럼 만들어 비닐 팩에 포장한 그거. 맛은 그저 그래. 혹시 어제도, 그제도, 그제의 그제도 아침으로 이걸 먹지만 않았다면 더 맛있었을지도 모르겠다. 우리 집엔 이 레토르트 생선이 엄청 많아. 엄마가 이걸 만드는 공장에서 일하거든.

거실 창문을 열었어. 아까 언뜻 본 바이오워치에는 오늘 수질이 '나쁨'으로 되어 있었지만, 그래도 하루의 시작은 환수가 아니면 상쾌하지가 않으니까. 창문을 활짝 열고 밀려들어오는 바깥의 물을 가득 들이마셔봐. 시원하고 개운해서 남은 잠이 싹 달아날 거야. 아가미 사이사이에 뭔가 미세한 알갱이가 걸리는 듯 텁텁한 느낌이 좀 있긴 하지만, 그래도 밤사이 집 안에 고여 있던 오래된 물이 빠져나가고 새 물이 흘러들어오는 이 시간을 나는 좋아해. 이렇게 바깥 물을 들이켜고 있으면 내가 무엇인지 잠시 잊을 수 있다고나 할까. 지금 이 지구의 모든 인

어들은 이 물을 마시고 있을 테고, 그 점에서만큼은 나도 그들
과 같잖아?

실컷 환수를 하고 난 뒤에는 뭐 별 수 있겠어, 꼼짝없이 식탁
으로 가는 수밖에. 일을 하기 위해선 배 속에 뭔가를 넣어야 하
니까. 나는 데우지도 않은 레토르트 생선 파우치를 이빨로 쭉
찢고는 쪽쪽 빨아먹었어. 오, 연어 맛이군. 이 파우치에는 참치
맛, 연어 맛, 대게 맛 세 종류가 있는데 그나마 연어 맛이 좀 먹
을 만해.

그다지 즐거운 식사는 아니었지만, 나는 꾸역꾸역 남김없이
먹어서 배를 채웠어. 오늘은 '폐허'의 조금 먼 곳까지 가볼 생각
이거든. 지난번에 거기서 큰 아파트 단지를 하나 봐뒀는데, 안
에 들어가보기엔 시간이 너무 늦어서 그냥 돌아왔었어. 보통 그
런 곳에는 상어가 한두 마리쯤 살게 마련이니 해가 지면 아주
위험해. 물론, 해가 떠 있다고 위험하지 않은 건 아니지만. 그러
니까 그런 곳에는 혼자 가지 않는 편이 좋아. 나처럼 튼튼한 두
다리를 가진 인어가 아니라면 말이야.

아주 옛날 이야기를 해볼까.

천 년쯤 전에 지구에 살았던 고대 인류들은 모두 꼬리지느러
미가 아닌 다리를 갖고 있었다고 해. 물 대신 공기가 가득 차 있

는 육지라는 것이 있어 그들은 그걸 밟으며 걸어 다녔다는 거야. 대체 어떻게 가능한지는 잘 모르겠지만, 어쨌든 그랬다더라. 역사 수업시간에 동영상으로 봤거든. 넘어지지도, 비틀거리지도 않고 타박타박 잘 걷고 뛰는 고대인들의 모습을. 그들의 다리는 아주 튼튼한 것 같았어. 내 것만큼은 아니겠지만.

슬프게도 고대 인류의 다리와 내 다리가 비슷하다는 걸 알아챈 인어는 나뿐만이 아니었던 모양이야. 영상이 끝난 뒤 선생님은 나를 지목해 일으켜 세웠어. 내 다리가 고대인들의 그것과 아주 흡사하게 생겼으니, 반 아이들을 위해 보여주라는 거였지. 나는 어쩔 수 없이 책상 위로 올라갔어. 이것이 무릎이고, 이것이 발가락이에요. 선생님이 내 다리를 툭툭 짚으며 설명했고, 사방에서 아이들이 숨죽여 웃고 있었지. 나는 아무 생각도 하지 않으려고 노력하며 그냥 서 있었어. 그때 누군가 내 등에 뭔가를 던졌어. 지느러미로 등을 쓸어보니, 뭐였게? 씹다 만 미역 껌이었어.

내가 의자 등받이에 등을 비비며 껌을 떼어내는 동안 선생님은 수업을 계속했어. 고대 인류는 나름대로 평화롭게 잘 살아가고 있었으나, 어느 날 우주에서 재앙이 시작되었지. 거대한 소행성이 태양에 충돌하는 바람에 태양의 온도가 확 높아져버린 거야. 그 전까지 표면 평균 온도가 17도 정도였던 지구는 순식간에 불타오르기 시작했대. 그때까지만 해도 지구의 물은 대부분이 '빙하'라는 이름의 거대한 얼음 덩어리로 존재했는데, 그 빙하가 삽시간에 녹아내리기 시작하며 육지가 빠르게 물에 잠겨버렸어. 아가미도 지느러미도 없이 폐 호흡을 하던 고대 인류에게는 대응할 방법이 없었고. 그렇게 고대인의 절반 이상이 속절없이 몰살당했을 무렵, 우리가 잘 아는 그들이 지구를 찾아왔지. '범문협', 즉 범우주고등생물문화보존협회 말이야.

범문협의 본거지에 대해서는 정확히 알려진 바가 없어. 우리가 알고 있는 것은 범문협의 목표가 우주 고등 생물들의 문화를 연구하고 발전시키는 것이며, 지구를 담당하는 지부가 안드로메다 은하의 남쪽 귀퉁이 어딘가에 있다는 것뿐이지. 어쨌든 범문협은 고대 인류가 발생했을 무렵부터 지구를 관심 있게 지켜보고 있었대. 문명 발전을 위한 약간의 시의적절한 힌트를 제공하기도 했고. 불의 사용법이나 바퀴의 발명 같은 것들부터 시작해, 흑사병을 물리친 페니실린 같은 게 범문협의 대표적인 업적이야. 지구는 범문협 안드로메다 은하지부 직원들에게 꽤나 사랑받는 관찰 대상이었나 봐. 물론 당시 고대 인류는 전혀 모르고 있었겠지만.

이렇듯 우주 곳곳의 고등 생물들이 자기들의 문화를 발전시키고 지킬 수 있도록 돕는 것도 범문협이 하는 일이었지만, 더 중요한 일은 따로 있었어. 일정 수준 이상에 다다른 문명이 피할 수 없는 멸망의 순간에 놓였을 때, 그들을 보호하여 계속 스스로 살아갈 수 있도록 돕는 것. 원래 같았으면 이 과정은 이전의 것들처럼 비밀리에 이루어졌겠지만 그때는 그럴 상황이 아니었지. 하룻밤 사이에도 수십만 명의 고대인이 죽어가고 있었으니까. 결국 범문협은 지구에 나타나 자신들의 존재를 밝히고, 긴급 구호를 시작하겠다고 선포했어.

그러나 범문협이 고대 인류에게 준 것은 태양열을 식히는 방법도, 육지를 되돌려놓을 방법도 아니었어. 범문협은 남은 인간들에게 작은 알약을 하나씩 나누어줬어. 이 알약은 고대인의 DNA 서열을 뒤틀어, 그들이 물속에서도 살아갈 수 있도록 신체 구조를 아예 개조해주는 작용을 했어. 그 약을 먹은 고대인들의 귀 뒤에는 기다란 아가미가 생겼고 다리는 하나로 합쳐져 긴 꼬리지느러미로 변했지. 그들이 바로 최초의 인어이자 모든 지구 인어의 조상들인 거야.

마지막 남은 고대인까지 모두 인어로 변한 뒤, 얼마 지나지 않아 지구의 모든 육지는 물밑으로 사라졌어. 그러나 범문협의 엄청난 과학 기술과 지식 덕분에 인어들은 그럭저럭 생활해나갈 수 있었지. 대체 어떻게 한 건진 모르겠지만, 범문협이 물밑으로 가라앉은 지구의 육지 전부를 탐사하고 살기 괜찮은 곳을 골라 세 개의 도시를 건설하기까지는 고작 일주일도 채 걸리지 않았대.

하지만 그 모든 건 공짜가 아니었어.

인어들이 물속에서의 삶에 어느 정도 익숙해졌을 무렵이었어. 범문협은 인어들에게 구조의 대가를 요구했지. 그건 돈도,

물건도, 노동력도 아니었어. 바로 인어 그 자체였어.

범문협은 지구에 존재하는 모든 인어의 데이터를 가지고 있어. 인어라면 누구나 범문협에서 준 바이오워치라는 장치를 의무적으로 착용하고 있지. 보통은 손목에 차지만, 나는 발목에 차고 있는 바로 이거 말이야. 이 바이오워치에는 소유자의 인적 사항은 물론 동선과 식사량까지 모두 저절로 기록돼. 그러나 이건 단순히 개인정보 관리를 위한 장치만은 아니야. 범문협은 이것으로 소유 인어의 '문화 발전 기여 가능성 점수'를 측정할 수 있어. 어떤 기준으로 점수가 매겨지는지는 미스터리지만 말야. 높은 점수를 가진 인어는 범문협의 '부름'을 받아. 음, 이건 쉽게 말해 그 인어를 다른 별로 보낸다는 뜻이야. 문명 발전의 가능성이 보이는 곳, 혹은 도움이 필요한 곳으로.

범문협 우주선을 타고 지구를 떠난 인어들이 어디서 무엇을 하고 있는지는 아무도 몰라. 범문협에서는 그들의 안전을 보장하는 건 물론, 지구에서의 삶과는 비교조차 할 수 없는 호화롭고 특별한 대우를 해주겠다고 호언장담했지만 그거야 모를 일이지. 어쨌든 떠난 인어들은 그 후로 지구로 돌아오거나 연락을 해온 적이 없었으니까.

여기까지가 내가 학교에서 배운 우리 인어의 역사야.

나는 학교 공부를 별로 좋아하지 않지만 역사 수업만은 집중해서 듣곤 해. 특히 내가 좋아하는 건 두 발로 걸어 다녔다는 고대 인류의 이야기야. 먼 곳에 갈 때 타고 다니는 각종 기계들이 있었다곤 하지만, 고대인은 거의 항상 걸어서 다녔다더라. 사랑하는 고대인들끼리는 경치 좋은 곳을 함께 걷기도 하고, 누가 더 빠르게 뛰는지 승부를 가리는 경기도 있었다고 하고. 정말 신기하지?

특히 내 마음을 사로잡았던 건 '첫 걸음마'에 관한 것이었어. 걸음마란 아기가 처음으로 두 발로 걷는 날, 온 가족이 기뻐하고 아기를 축하하는 일종의 이벤트였나 봐. 수업 시간에 '어느 고대인 아기의 첫 걸음마'라는 영상을 본 적이 있어. 엄마를 향해 아기가 한 발짝 첫걸음을 내딛자 지켜보던 아빠가 환호성을 지르는 장면을.

난 그걸 보고 거의 울 뻔했는데, 그 영상에 감동을 받은 건 나뿐이었어. 다른 아이들은 너무 징그럽다며 비명을 지르고 고개를 돌렸어. 안 그래도 징그러운 다리가 작고 통통하니 더 징그러워 보인다면서. 어떤 아이는 끝내 울음을 터뜨리며 소리쳤어. 저런 게 나한테 달려 있다면 난 자살할 거야! 그러면서 손으로 얼굴을 가리고는 손가락 틈새로 나를 힐끔거리더라. 나는 걔를 발로 걷어차고 싶었지만 참았어. 나는 웬만한 어른 인어보다 덩치가 두세 배는 크고 힘도 세거든. 아마 내가 진심으로 때리면 걔는 곤죽이 될 거야. 엄마가 공장에서 만드는 생선 파우치처럼.

그래, 맞아. 범문협이 고대인들에게 준 알약은 고대인을 인어로 만들어주는 신기한 알약이었지만 심각한 부작용이 있었어. 대를 거듭하는 과정에서 아주 드물게, DNA가 반대로 섞여 버린 인어들이 나타났지. 상체는 고대인과 같고 하체가 꼬리지느러미로 이루어진 정상적인 인어가 아니라, 그 반대로 물고기 머리에 고대인의 다리를 단 '비정상적인' 인어가 태어난 거야. 바로 나처럼.

고대 인류에게는 어땠는지 몰라도, 물속에서 이 다리는 거의 쓸모가 없어. 인어들은 물갈퀴 달린 손과 꼬리지느러미로 빠르게 헤엄칠 수 있지만 내가 가진 것은 빳빳하고 짧은 지느러미와 뭉툭한 두 다리뿐이니까. 움직이고 싶다면 해류에 휩쓸리지 않기 위해 뭔가를 붙들고 조금씩 이동해야 해. 게다가 내게는 성대도 없어 인어들처럼 말을 할 수가 없어. 목을 움직여봐도 끽 끽거리는 이상한 소리만 날 뿐, 날카롭게 돋은 이빨에 모두들 겁을 먹기 때문에 입은 밥을 먹을 때에만 열지.

잠깐, 그렇다고 해서 날 동정할 필요는 없어. 난 그런 대로 괜찮아. 자유롭게 헤엄쳐 다니거나 말을 할 수는 없어도, 나는 우리 반 아이들을 모두 합친 것보다 더 똑똑하고 성적도 좋거든.

애들이 나를 욕해도 나는 아무렇지 않아. 사실, 나는 걔들이 우리 집 벽에 자주 달라붙곤 하는 불가사리랑 비슷하다고 생각해. 벽을 갉아먹는 불가사리는 보이는 족족 떼어내서 멀리 던져버리면 되고, 물론 걔들은 다시 돌아오지만 그러면 또 던져버리면 그만이거든.

◇

오늘 내가 가려는 곳은 마을 변두리에 있는 우리 집에서도 꽤나 멀리 떨어진 곳이야. 평균 수온이 중심지보다 5도는 낮으니까 체온 유지에 신경 써야 해. 그렇다고 해서 옷을 무작정 두껍게 껴입으면 안 돼. 수온이 변하면 해류도 따라서 변하기 때문에, 움직임이 둔탁해지면 위급한 상황에 대처하기가 어렵거든. 자칫하면 그대로 휩쓸려 가 영영 돌아오지 못할 수도 있어. 게다가 인적이 드문 이런 곳에는 상어가 돌아다녀. 재빨리 도망치고 숨을 수 있도록 몸을 가볍게 하는 게 상책이지. 거기에 커다란 가방을 둘러메고, 발에는 고무 조각을 잘라 만든 보호대를 끼우면 외출 준비는 끝. 왠지 예감이 좋은 날이야. 왠지 멋진 것을 건질 수 있을 것 같은 기분이었지.

그러나 그 기분은 집을 나온 지 10분도 안 되어 엉망이 됐어.

아직 동네를 벗어나기도 전이었어. 맞은편으로 두 인어가 헤엄쳐 오고 있었어. 엄마와 아이인 것 같았지. 그 아이가 멀리서 나를 발견하자마자 엄청나게 호기심 어린 표정으로 내 꼴을 지켜보고 있다는 건 알고 있었어. 내가 점점 가까워지자 그 아이는 아예 헤엄치기를 멈추고 그 자리에 둥둥 떠서 본격적으로 나를 구경하기 시작했어. 아이의 엄마도 멈춰 섰고.

"가자."

아이 엄마가 아이를 잡아끌었지만 소용없었어. 아이는 신기한 장난감이라도 보는 얼굴을 하고는 입을 헤벌리고 나를 보고 있었어. 나는 빨리 그 자리를 벗어나고 싶어 더 열심히 움직였지만, 힘만 들 뿐 별로 빨라지지는 않더라.

"보면 안 돼."

아이 엄마는 그렇게 말하고선 아이를 안아 올렸어. 그러곤 꼬리지느러미를 빠르게 움직이며 헤엄쳐 멀어져갔지. 아이는 엄마 품에 안긴 채 멀어져가는 중에도 계속 나를 보고 있었고. 나는 아무 일도 없었던 것처럼 움직이기를 반복했어. 그들이 나를 볼 수 없는 곳까지 갔다고 여겨졌을 때에야 멈춰서 숨을 골랐어.

솔직히 말해볼까? 멀쩡한 꼬리를 가진 인어들이 간과하고 있는 건 말이야, 나를 '보는' 건 나쁜 짓이 아니라는 거야. 물론 가장 좋은 건 내가 헤엄쳐 가든지 굴러가든지 신경 쓰지 않고 제 갈 길을 가주는 거겠지만, 나도 알아. 내가 움직이는 모습은 눈에 띌 수밖에 없다는 거. 어떻게 움직이는지 궁금하다면 설명해줄 테니까 상상해봐. 길가의 바윗돌이며 수초 줄기들을 지느러미로 거머잡고, 발로는 도움닫기를 하는 느낌으로 땅을 디디며 가고자 하는 방향으로 걸어차. 그 도움닫기 한 번으로 일 미터 정도를 갈 수 있고 해류가 좀 도와준다면 이 미터까지도 가능해. 인어들이 꼬리를 가볍게 한 번 휘저어 움직일 수 있는 거리지. 그래, 겨우 이 정도 거리를 움직이려고 난 이렇게 안간힘을 써야 해. 하지만 그런 나를 보는 건 절대 실례가 아냐. 누구나 누군가를 볼 수 있어.

내가 참을 수 없는 건, 누군가가 그 보는 행위를 '실례'라고 규정짓는 거야. 나를 넋을 잃고 보던 인어가 갑자기 퍼뜩 정신을 차리고 고개를 돌리며 얼굴을 붉히는 그런 순간 말이야. 예를 들어, 누군가 길 한가운데에서 똥을 싸고 있거나 옷을 벗고 돌아다니고 있다면 그걸 빤히 보는 건 교양 있는 인어가 할 만한 짓은 아니지. 만일 아직 인어 세계의 예의범절을 제대로 배우지 못한 어린애가 있다면 그건 실례야, 라고 가르쳐줄 수도 있을 거고. 하지만 나는 길에 똥을 싸고 있는 게 아니라 그저 움직이고 있었을 뿐이잖아. 단지 다른 인어들과 좀 다른 방식을 사용할 뿐이지. 맞은편에서 헤엄쳐 오는 인어를 만나면 자연스럽게 그의 얼굴을 바라보고 그게 내가 아는 얼굴이라면 인사도 주고받을 수 있는 것처럼 누구나 나를 바라볼 수 있어. 그걸 실례라고 말하는 순간 나는 바라보지도 말아야 할 존재로 취급받는 거야. 마치 이런 말이 들리는 것 같지 않니? 저 인어 좀 봐, 저렇게 흉측한 다리를 갖고 있다니. 쳐다보는 건 저 불행한 아이를 더 불행하게 만들겠지. 그러니 어서 눈을 돌리자. 교양 있는 인어라면 응당 그래야지.

뭐, 꼬리 달린 인어들에겐 아무리 설명해봤자 이해하지 못하겠지만 말이야.

어쨌든 나는 계속 움직였어. 기분은 잡쳤지만, 그렇다고 거기 그대로 미역이나 움켜쥐고 서 있을 순 없잖아. 오늘은 좀 멀리까지 갈 작정이었으니 서둘러야지.

마을 경계선에 가까워지니 수온이 점차 떨어지기 시작하네. 다른 마을도 마찬가지지만, 우리 마을은 둥그런 원 모양을 하고 있어. 중심지에는 학교와 회사, 공장, 상점들이 있고 그걸 집들이 겹겹이 둘러싸고 있지. 당연한 소리지만 중심지에서 멀어질수록 수온은 낮아지고 집값은 싸져. 뭐, 우리 집이 마을 변두리에 있다는 건 이미 말했지. 그래도 내겐 중심지보다 이곳이 더 살기 좋아. 바위가 많고 해류가 빨라, 수초들이 중심가의 것들보다 훨씬 질기거든. 잡고 다니기 딱 좋지.

"안전 지역을 벗어나고 있습니다. 주의하세요."

발목에 찬 바이오워치에서 경고음이 울리는 걸 보니 방금 내가 마을 경계선을 넘었나 봐. 이젠 돌아다니는 인어도 없고 사방이 조용해서 분위기가 좀 음산하지. 여기서부턴 아주 조심해야 해. 언제 상어가 나타날지 모르거든.

중심가에 사는 인어들은 잘 모르겠지만, 변두리에 사는 인어라면 누구나 한두 번은 상어를 본 적이 있을 거야. 가끔은 먹이를 찾아 마을 경계를 넘어오기도 하니까. 어른 인어라면 몰라도 아직 꼬리지느러미를 제대로 쓸 줄 모르는 어린 인어들은 여차하면 물려가기 십상이야. 하물며 나는 어떻겠어?

난 일곱 살 때부터 이 '폐허'에 다녔는데, 상어를 열 번 정도 본 것 같아. 그중 한 번은 정말 코앞까지 날 따라왔었어. 마침 옆에 있던 좁은 바위틈으로 잽싸게 숨지 않았다면 꼼짝없이 상어

밥이 됐을 거야. 그러니 마을 바깥으로 나가면 항상 숨을 곳을 찾아보며 움직여야 해. 그렇게 사방을 주의 깊게 살피며 한 시간 정도 더 나아갔어. 갈수록 어째 분위기가 음산해지는 것 같지? 목적지에 가까워지고 있다는 뜻이야. '폐허' 말이야.

'폐허'는 고대 인류가 사용하던 물건들이 모인 거대한 쓰레기장이야. 거의 원형 그대로 남아 있는 도로나 건물들부터 옷이며 가재도구까지, 온갖 잡동사니들이 산처럼 가득 쌓여 있지. 지금은 오색 물고기들과 산호들의 집터가 되었지만 예전에는 여기에 고대 인류가 살았을 거야. 이 물건들을 사용하면서. 음, 몇 개 소개해볼까. 저건 '자동차'라는 거야. 고대 인류가 타고 다녔던 거. 모양이 제각기 다른데 모두 자동차라고 불린 것 같더라. 그럴 일은 없겠지만 혹시나 고대 인류와 대화할 기회가 생긴다면 꼭 물어보고 싶어. 왜 저렇게 다르게 생긴 것들을 하나의 이름으로 묶어서 불렀는지.

여긴 확실히 흥미로운 곳이지만, 단순히 구경을 하려고 이 위험한 곳에 오는 건 아니야. 난 여기서 두 가지 물건을 찾고 있어. 하나는 고대 인류가 사용하던 기계 장치나 그 부품들. 누군가는 잡동사니라고 생각하겠지만, 이것들을 나름대로 분해하고 조립해서 새로운 걸 만드는 게 내 취미야. 또래 인어들이 부모님께 선물 받은 장난감을 갖고 놀 때 나는 여기서 찾은 부품들로 나만의 발명품을 만들며 놀았어. 내 방에 숨겨놓은 보물상자 안에는 내가 만든 장난감들이 가득 있지. 난 손재주가 좋은 편이거든. 머리 좋은 애들이 대부분 그렇듯이 말이야.

하지만 이건 그냥 내 취미생활일 뿐이고, 중요한 건 두 번째 야. 바로 고대인들이 사용하던 '배터리'를 찾는 거.

태양에 소행성이 충돌하기 전에도 고대인들의 생활은 썩 좋 은 편이 아니었어. 끔찍한 환경오염 때문이었지. 그들은 뒤늦 게야 모든 에너지를 친환경 전기 에너지로 바꾸었지만, 그 대 신 전기 에너지는 꽤나 비싸고 귀한 자원이 되어버렸대. 그래 서 고대 인간들은 배터리라고 불리는 기계 장치에 전기를 저장 해두고 조금씩 꺼내 썼다나 봐. 이 '폐허'를 뒤지다 보면 가끔 그 배터리를 발견할 수 있어. 아직도 전기가 남아 있는 배터리 말이야!

핵융합 발전기가 흔해진 지금도 전기를 사용하는 기계들은 남아 있어. 물론 대부분의 인어들은 방마다 핵융합 발전기를 하 나씩 갖춰두곤 겨울에도 여름 같은 수온을 유지하며 살지. 하지 만 우리 집 가전제품 대부분은 음, 좀 창피한 얘기지만 아직도 전기로 돌아가. 작은 것이라도 좋으니 우리 집에도 핵융합 발전 기를 하나 둘 수 있으면 참 좋을 텐데.

배터리마다 남아 있는 전기 에너지의 양이 다르긴 하지만, 보통 하나를 찾으면 우리 집에선 열흘 정도 쓸 수 있어. 그걸로 물도 덥히고 빨래도 하고 음식도 만드는 거지. 뭐 열흘치 전기 요금을 아낀다고 해서 생활이 크게 나아지는 건 아니긴 해. 그 래도 기분은 좋잖아? 적어도 밥값은 하는 거니까.

내가 '폐허'에 오는 건 대강 이런 이유에서야. 하지만 뭐, 꼭 뭔가를 주워 가려고 오는 것만은 아냐. 난 '폐허'를 마음껏 쏘다니며 탐험하는 걸 좋아해. 여긴 아무도 없으니까 온전히 나만의 공간이지. 잡고 다닐 수 있는 것들도 많고. 게다가 마을하고는 풍경부터가 확 다르잖아. 사방에 흥미로운 것 투성이지. 저기 모래에 반쯤 묻힌 빨간 냉장고엔 재밌는 추억이 있어. 예전에 저걸 열었다가 안에서 곰치가 튀어나와 기절할 뻔한 적이 있거든. 그 뒤편에 어수선하게 널브러진 철골들은 분명 예전엔 멋진 건물의 일부였겠지. 어떤 건물이었을까? 학교? 가게? 어쩌면 감옥이었을지도 몰라. 나쁜 고대인들이 갇혀 지내던 곳 말야.

언젠가 먼 옛날에는 고대 인류가 이곳을 걸어 다녔을 거야. 공기 속에서 움직이는 건 물속을 헤엄치는 것보다 훨씬 가벼운 느낌이라고 배웠어. 두 다리를 번갈아 내딛으며 부드럽고 경쾌하게 걷는 고대인의 모습을 상상하면 기분이 좋아져. 대체 어떤 기분일까, 물이 아닌 곳에서 숨 쉬고 움직이는 건.

음, 사실 그걸 체험해볼 길이 아예 없는 건 아냐. 고대 인류가 그랬듯 공기 속을 걸어 다닐 수는 없겠지만, 최소한 공기가 뭔지 느껴볼 수 있는 방법은 있긴 해. 위로 위로 끝없이 헤엄쳐서 올라가는 거야. 그러면 '수면'이라는 게 나온대. 물이 끝나는 경계선이지. 수면을 지나면 그 위엔 물 대신 공기가 가득한 공간이 있다고 하더라. 어차피 우리 인어는 물 밖에선 호흡할 수 없으니, 기껏해야 그냥 수면 위로 머리를 내밀어보는 정도밖에 할 수 없겠지. 하지만 너무 궁금하지 않아? 사실 다른 애들은 어릴 때 다 한번씩은 해봤다더라고. 부모님 몰래 높이 헤엄치며 어디까지 갈 수 있는지 시험하는 거 말야. 하지만 아이들은 물론이고 어른 인어조차 일정 높이 이상으로는 헤엄쳐 갈수 없어. 수면에 가까워질수록 수온이 기하급수적으로 높아지기 때문에 해류가 미친 듯이 빨라지거든. 자칫하면 길고 복잡한 해류에 말려들어 영영 돌아올 수 없는 먼 곳으로 떠밀려 가게 될 수도 있어.

그렇지만 있잖아, 내가 만약에 다른 애들처럼 자유롭게 헤엄칠 수 있는 꼬리지느러미를 갖고 태어났다면… 나는 분명 언젠가 엄마 몰래 집을 떠났을 거야. 내 힘이 허락하는 곳까지 높이 높이 헤엄쳐 갔을 거야. 돌아오지 못한다고 해도, 그러다 죽게 된다고 해도.

하지만 뭐 어쩔 수 없지. 난 '폐허'도 좋아. 어쨌든 여기도 고대 인류가 살았던 곳이잖아. 그리고 지금은 나 혼자 있고. 그러니까 여긴 꼬리지느러미 없는, 다리 달린 생물들만의 공간이라고 할 수 있지. 아, 물론 가끔 상어가 나오긴 하지만 말야.

폐허 가운데에는 사방이 뻥 뚫린 공간이 있어. 아마 고대인들이 모임 장소로 사용하던 곳인 것 같은데, 한참 돌아다니다 좀 쉬고 싶을 때 여기로 와. 여기서는 상어가 나타나도 금세 알아챌 수 있거든. 게다가 여기엔 내가 '폐허'에서 가장 좋아하는 물건이 있어. 바로 이 엄청나게 커다란 금빛 동상이야.

동상은 의자에 앉아 있어. 머리엔 좁고 긴 모자를 쓰고, 배에 멋진 무늬가 있는 옷을 입고 있는 걸로 봐선 높은 사람이었을 것 같아. 그러니까 고대인들이 이렇게 동상으로 만들었겠지? 오른손은 누구를 부르려는 듯 앞으로 뻗어 있고 왼손은 책을 펼쳐 들고 있어. 난 이 동상을 보면 왠지 반갑더라. 수염을 길게 기르고 인자한 미소를 띤 이 동상의 얼굴은 언뜻 보면 우리 아빠하고 좀 비슷하게 생겼거든.

그러고 보니 아빠가 떠난 지 벌써 3년이나 지났어. 지금은 어디서 뭘 하고 있을까. 아빠가 떠나고 난 뒤에는 종종 생각해보기도 했었는데 이젠 그러지도 않게 됐네. 뭐, 어디다 던져놔도 쉽게 죽을 것 같은 위인은 아니었으니까 살아 있긴 하겠지.

우리 아빠는 범문협에서 '부름'을 받았어. 아빠는 시인이었거든. 음, 그런데 우리 아빠는… 아빠한테 이런 말을 하긴 좀 그렇지만 그렇게 뛰어난 시인은 아니었어. 아빠가 쓴 시는 대부분 이해할 수 없는 말들뿐이었거든. 당연히 돈도 벌지 못했고. 그런데 3년 전 어느 날, 아빠의 바이오워치에 범문협으로부터 통신이 걸려온 거야. 활자예술 문화가 부족한 어느 별에 아빠를 보내겠다면서. 결국 아빤 사흘 뒤 찾아온 범문협 직원들과 함께 떠났어. 그 뒤로는 소식은커녕 목소리 한 번 들어본 적이 없어.

그렇지만 아빠는 잘 지내고 있을 거야. 어쩌면 지구에서보다 훨씬 행복할지도 모르지. 그곳에선 아빠가 쓴 시를 모두가 좋아할 거고, 역사에 길이 남을 작품이 되어 그 별의 문화예술 지수를 크게 높여줄 테니까.

이 동상을 보면 아빠 생각이 나. 만일 그 별에서 아빠를 칭송하며 아빠의 모습을 동상으로 만든다면, 아마 그 동상은 이것과 비슷한 모습일 것 같거든. 그래, 어쩌면 이 동상의 주인도 사실 과거에 범문협에서 지구로 보냈던 다른 별의 주민이었는지도 모르지. 그렇다면 분명 엄청 현명하고 똑똑한 인물이었을 거야.

동상에 기대앉아 오래 쉬었어. 뻣뻣해진 지느러미도 풀어주고, 발에 낀 고무 조각도 한번 풀었다가 다시 묶었어. 뭘 좀 먹었으면 좋겠지만 여기서 음식 냄새를 풍기는 건 좋은 선택이 아닐 것 같지? 이제 다시 떠나야겠다. 조금만 더 가면 목적지가 나타날 거야.

떠나기 직전 나는 동상을 톡톡 치며 인사를 했어. 이건 터치 언어긴 하지만, 통용되고 있는 범용 터치 언어는 아니야. 어렸을 때 아빠랑 둘이 만든 거거든. 엄청 다양한 의미가 있어. 지금 이건 잘 다녀오겠다는 뜻이었어.

그런 짧은 말치고는 너무 오랫동안 두드린 거 아니냐고? 눈치가 빠르네. 맞아, 사실은 다른 말도 좀 했어. 엄마가 많이 보고 싶어한다고도 전했고, 거긴 즐겁냐고 묻기도 했어. 그리고… 오늘이 내 생일인 건 알고 있냐는 말이랑, 선물은 됐으니 그냥 잘 지내기나 하라는 말도. 어차피 그럴듯한 선물은 아빠가 있을 때도 받아본 적 없었으니까 말야.

◇

그 아파트 단지는 역시 보물로 가득한 곳이었어. 주먹만 한 가정용 배터리를 두 개나 발견했거든! 둘 다 절반 이상 남아 있고 상태도 좋아 보여. 아마 좀 더 살펴보면 더 찾을 수 있었겠지만, 날이 어두워지고 있어서 돌아올 수밖에 없었어. 가는 길을 제대로 기억해뒀으니 조만간 또 가봐야지.

하지만 집에 돌아오는 길은 쉽지 않았어. 조금 다쳤거든. 아무 생각 없이 튀어나온 철근을 움켜쥐었는데 그게 부러지면서 지느러미를 긁고 지나갔어. 너무 아팠지만 그 당시엔 아파할 겨를도 없었어. 피 냄새를 풍기면 상어가 오니까. 재빨리 수초를 뜯어 상처에 묶고는 집으로 허겁지겁 돌아왔어. 녹슨 쇠에는 독이 있다고 하던데 정말 그런가 봐. 집에 돌아왔을 때 피는 멎어 있었지만, 다친 지느러미 전체가 욱신거리며 퉁퉁 부어 있었어.

엄마한텐 별로 말하고 싶지 않았어. 엄마는 내가 '폐허'에 가는 걸 별로 좋아하지 않았거든. 거기 갔다가 다쳤다고 하면 엄청나게 혼날 게 뻔했지. 하지만 엄마는 날 보자마자 무슨 일이 있었는지 알아차리고 말았어. 상처를 묶은 수초를 풀어본 엄마는 얼굴이 새하얗게 변했어. 나는 화제가 바뀌기를 바라며 다른

쪽 지느러미로 엄마의 팔을 붙잡고 톡톡 쳤어. **엄마 내 가방 좀 열어봐.** 하지만 엄마는 내 말을 이해했으면서도 배터리가 들어 있는 가방은 쳐다도 보지 않았어.

"너, 그렇게 가지 말라고 했는데도 또 거길!"

엄마는 소리치며 약 상자를 가지고 왔어. 소독 성분이 든 젤리를 상처에 얹으니 다쳤을 때보다 오히려 더 아프더라. 하지만 소독 젤리 한 통을 다 비웠는데도 상처에선 거품이 계속 끓었어. 아까는 경황이 없어 제대로 못 봤는데 이제 보니 상처가 생각보다 크긴 했어. 다친 채로 급하게 돌아오느라 상처가 더 심해졌나 봐. 지느러미의 얇은 부분은 다 찢어져 너덜거리고 힘줄도 몇 개 이상한 방향으로 꺾여 있었어. 그걸 내 눈으로 보니 갑자기 그때서야 겁이 덜컥 났어. 지느러미가 한 쪽 없으면 움직이기 더 힘들어질 테니까.

그때 엄마가 움켜쥐고 있던 빈 소독 젤리 통을 집어던지더니 방으로 급히 헤엄쳐 들어갔어. 난 순간적으로 엄마가 회초리를 가져오려는 줄 알았지 뭐야. 이럴 땐 항상 그랬으니까. 그렇지만 엄마가 방에서 들고 나온 건 내 외투와 엄마의 핸드백이었어.

"병원에 가야겠다."

엄마는 내가 외투를 입는 걸 도와주고는 바이오워치로 통신을 걸었어. 나는 어디에 거는지 바로 알아차렸어. 하지만 아무것도 할 수 있는 일은 없었어. 그저 신호음이 울리는 걸 불안한 마음으로 듣고 있었지. 마음이 어두컴컴해지는 것 같았어. 무슨 일이 벌어질지 알고 있었거든. 아마 엄마도 알고 있었을 거야.

"네, 장애인어협회입니다."

"거동을 못 하는 아이가 있어요. 지금 병원에 데려가야 할 것 같은데, 당장 이용 가능한 캡슐이 있나요?"

"잠시만요, 알아보고 알려드릴게요."

엄마는 인상을 찡그리고 입술을 씹으면서 기다렸어. 바이오 워치 너머에서는 한동안 아무 소리도 들려오지 않았지. 울고 싶었어. 엄마한테 이런 통신을 또 걸게 하고 싶지 않았는데. 정말 그러고 싶지 않았는데.

"…찾아봤는데, 지금은 비어 있는 캡슐이 없네요."

"그럼 얼마나 기다려야 할까요?"

"확답은 못 드리겠어요. 지금 통신 주신 지역에 있는 캡슐은 전부 사용 중이라서요."

"애가 심하게 다쳤어요. 어떻게 안 될까요?"

엄마가 떨리는 목소리로 부탁했어. 하지만 그래봐야 아무 소용 없다는 걸 엄마도 알 거야. 그렇게 부탁해본 것도 처음은 아니니까. 바이오워치 너머의 직원은 한숨을 내쉬더니 이렇게 말했어.

"어머님, 혹시 자택에 갖고 계신 캡슐은 없으실까요?"

엄마는 잠시 할 말을 잃은 듯했어. 말문이 막힌 표정으로 바이오워치 화면만 뚫어지게 바라보고 있었거든. 하지만 난 곧 깨달았어. 엄마는 할 말을 잃은 게 아니라, 하고 싶은 말을 참기 위해 애쓰고 있는 거라는 걸. 나도 쏘아붙이고 싶었어. 그런 게 있으면 진작에 타고 갔지, 한가하게 통신을 걸고 있겠냐고. 아마 엄마는 더 그랬을 거야.

하지만 엄마는 그렇게 말하지 않았어.

"혹시 빈 캡슐이 나면 바로 통신 좀 주실 수 있을까요? 기다리고 있을게요."

통신을 끊은 엄마는 창가로 가서 창문을 활짝 열었어. 혹시 캡슐이 오면 바로 알아차릴 수 있도록. 하지만 캡슐은 금방 오지 않을 거야. 항상 그랬어. 예전에 내가 열이 나고 토했을 때도, 요리를 해보겠다고 까불다가 칼에 베였을 때도 말야.

정말 이상한 일이지, 우리 학교에 장애가 있는 애는 나밖에 없어. 다들 멀쩡한 꼬리지느러미를 갖고 있고, 보고 듣고 말하는 데 아무런 문제도 없지. 바깥에 나가봐도 마찬가지야. 꼭 멀쩡한 인어만 밖에 나와 헤엄치고 다니기로 약속이라도 돼 있는 것처럼 그렇다니까. 그런데 혼자서는 움직이지 못하는 장애 인어를 위한 이동용 캡슐은 항상 누군가가 사용하고 있어. 뭐 애초에 마련된 캡슐이 적은 탓도 있겠지만, 그 인어들은 평소에 어디서 뭘 하며 시간을 보내고 있는 걸까.

엄마는 불안한 몸짓으로 창문 앞을 이리저리 헤엄쳤어. 아마 병원비를 걱정하고 있을지도 몰라. 이 정도 상처를 꿰매려면 병원비가 얼마나 들려나. 보험이 있긴 하지만, 그래도 배터리 두 개 값보다는 많은 돈이 들겠지.

엄마에게 다가갔어. 엄마의 붉어진 귀 뒤로 아가미가 빠르게 여닫히는 게 보여. 엄마도 무섭고 겁이 나나 봐. 엄마의 팔을 잡고 조심스레 두드렸어. **엄마, 나 다시는 폐허에 안 갈게.** 엄마는 화난 표정으로 나를 내려다봤어. 그러곤 팔을 뻗었지. 난 엄마가 날 때릴지도 모른다고 생각했어. 그래, 차라리 엉덩이라도 흠씬 두들겨 맞으면 좋았을 거야. 하지만 엄마는 가느다란 팔로 내 지느러미를 잡았어. 마치 조금만 참으라는 듯이, 지금 너만큼 나도 고통스럽다는 듯이 말이야. 그러곤 창밖으로 보이는 텅 빈 도로를 뚫어져라 쳐다볼 뿐이었어.

◇

캡슐이 온 건 그로부터 두 시간이나 지난 뒤였어. 병원에서 다섯 바늘을 꿰맸어. 의사는 왜 앰뷸런스 캡슐을 타고 오지 않았느냐며 엄마를 나무랐어. 우물쭈물하는 사이 상처에 균이 들어가 감염이 되었다면서. 앰뷸런스를 부르는 데 얼마나 많은 돈이 드는지 모르는 걸까, 아니면 우리가 그렇게 돈이 많지 않다는 사실을 모르는 걸까? 하지만 엄마는 잘못한 것도 없으면서 죄인처럼 고개를 숙였어. 아무리 나라도 그런 엄마 옆에서 얼굴을 들고 있을 수가 없더라.

물론 돌아가는 길에도 캡슐을 불러야 했어. 엄마가 다시 한 번 전화를 걸었고, 이번에도 언제 올지 모르는 캡슐을 기다리면서 우리는 병원 로비에 앉아 있었어. 의사들, 간호사들, 잘 차려입은 인어들이 헤엄쳐 지나갔어. 다들 무언가 중요하고 바쁜 일이 있는 것처럼 어딘가를 향해 똑바로 가고 있었지. 로비 맞은편에는 유리로 된 회전문이 있었는데 거기에 우리 모습이 비치고 있었어. 머리가 다 흐트러진 채로, 끔찍하게 지친 얼굴을 하고 있는 엄마와 괴물같이 생긴 생선 대가리에 징그러운 다리를 단 나. 나는 최대한 몸을 웅크렸어. 작아지고 싶었어. 내가 정말 작았다면 차라리 택시 캡슐을 타거나 엄마에게 업히기라도 할 수 있었을 텐데.

마취가 풀리는지 상처가 욱신거리기 시작했어. 하지만 내겐 아픈 것보다 더 중요한 문제가 여럿 남아 있었어. 상처가 나을 때까지 어딜 혼자 나다닐 수도 없을 테고, 실밥을 풀려면 또 병원에 와야 할 텐데 그때도 이렇게 바보처럼 앉아 캡슐을 기다려야 하겠지. 학교는 어떡하지? 병원비는 또 어떡하고? 그보다, 우린 언제까지 여기 앉아 있어야만 하는 걸까?

일 분 일 초가 영원 같았어.

나는 그때, 그 전까진 한 번도 해본 적 없었던 생각을 하기 시작했어. 내 삶은 어디까지일까. 언제까지 이런 삶이 이어질까. 이어질 수는 있을까. 이어지는 것에 의미는 있을까. 차라리, 이어지지 않는 게 나은 건 아닐까. 사실 모두가, 엄마도 아빠도 같은 반 애들도 내가 살아 있는 걸 원하지 않는데 내가 혼자 눈치

없이 굴고 있는 거라면. 모두에게 피해만 끼치는 삶을 뻔뻔하게 살아가고 있는 거라면.

주변 소리가 심장 박동에 맞춰 작아졌다, 커졌다 하며 웅웅 거렸어. 지난 12년 동안 몰랐던 사실, 하지만 주변 인어들은 다 알고 있었던 사실을 나만 이제야 깨달은 것 같은 기분이었어.

캡슐이 도착했지만 하나도 기쁘지 않았어. 집에 가고 싶지 않았어. 우리 집은 말했다시피 그다지 좋은 집이 아니지만, 그럼에도 불구하고 나는 그곳에 갈 자격이 없는 것처럼 느껴졌어. 엄마가 날 그냥 여기 두고 혼자 가길 바랐어. 처음부터 나 같은 딸은 없었던 것처럼, 다 잊고 혼자 집에 돌아가 편히 쉬었으면.

하지만 물론 그런 일은 일어나지 않았지. 캡슐에서 내린 범문협 직원이 엄마와 양쪽에서 부축해 나를 캡슐 뒷자리에 태웠어. 캡슐은 곧장 해류를 타고 달리기 시작했고, 집 앞에 서자마자 우리를 짐짝처럼 내려놓고는 빠르게 사라졌어.

◇

다음 날 아침, 난 여느 때처럼 눈을 떴지만 침대 밖으로 나가지 않았어. 벽 쪽으로 돌아누워 아직 잠든 척하며 엄마가 출근 준비를 하는 소리를 듣고 있었지. 엄마가 담임 선생님과 통화하는 것도 들었어. 내 지느러미가 다 나을 때까지 당분간 학교는 못 갈 거라고. 선생님이 뭐라고 대답했는지는 모르겠지만 안 들어도 알 것 같았어. 내심 잘됐다고 생각하고 있겠지. 선생님은 날 별로 좋아하지 않았으니까. 하긴, 누가 날 좋아하겠어?

엄마가 출근하고, 현관문이 닫히는 소리를 듣고서야 난 가만히 몸을 일으켰어.

"좋은 아침!"

바이오워치가 아침 인사를 보냈지만, 평소처럼 다정하게 대답해줄 기분이 아니었지. 한쪽 지느러미로 침대를 짚고 조심스럽게 일어났어. 물살이 거의 없는 집 안에서도 한쪽 지느러미로만 돌아다니는 건 쉬운 일이 아니더라. 매일 아침 그랬듯이 환수를 하면 기분이 좋아질까 싶었는데, 창문을 열려고 한참 애를 쓰다 결국 포기하고 말았어.

꼼지락꼼지락 움직여 겨우 거실로 나갔어. 식탁에는 평소처럼 생선 파우치가 놓여 있었지. 하지만 먹고 싶은 생각은 전혀 들지 않았어. 그냥 멍하니 앉아 생각에 잠겼지. 어제 병원에서부터 하기 시작한 그 생각을 말야.

나는 왜 살아 있을까.

아무리 생각해도 모르겠어. 내가 살아 있어서 뭐가 달라질까. 아니, 뭐가 달라지긴 할까? 지금 나는 열두 살이지만 곧 나이를 먹겠지. 다른 친구들은 일자리를 구하고 돈을 벌어오는데 난 죽을 때까지 엄마한테 들러붙어 살아야 할 거야. 아무도 날 고용해주지 않을 테고 난 이런 생선 파우치 하나 살 돈도 벌지 못할 테니까. 엄마는 점점 나이 들어 약해지겠지만 나는 갈수록 튼튼해지고 커지겠지. 엄마를 쪽쪽 빨아먹고 자라는 것처럼.

갑자기 마음 깊은 곳 어딘가에서부터 뜨거운 것이 울컥 치밀어 오르는 것 같았어. 그건 슬픔도 괴로움도 아니었어. 억울함이었지. 왜 하필 나일까? 내가 뭘 잘못해서? 나보다 멍청하고 게으른 애들도 다들 멀쩡한 꼬리지느러미를 달고 태어났는데, 왜 나한테만 이런 징그러운 다리가 달려 있는 거냐고.

화가 치밀어 올라 소리를 지르고 싶었어. 하지만 입을 벌리고 온몸에 힘을 주어도 나오는 건 속 시원한 외침이 아니라 끄으으, 하는 이상한 소리뿐이었어. 게다가 그렇게 하니까 다친 지느러미까지 욱신거리며 아프기 시작했어. 꿰맨 곳이 터졌을까 봐 겁이 나서 붕대 위로 상처를 쓰다듬어보다가 스스로가 너무 한심하게 느껴져서 온몸에 힘이 탁 풀리더라.

식탁 밑으로 내 다리를 내려다봤어. 물렁물렁한 살로 뒤덮인 기다랗고 뭉툭한 다리와 그 끝에 달린 발을. 언젠가 같은 반 애가 내 발을 보며 "자라다 만 손 같아서 징그럽다"고 한 적이 있는데, 지금 자세히 보니 왜 그렇게 말했는지 알 것 같더라. 그 애 말이 맞아. 이건 정말 볼수록 징그럽게 생겼어. 아무 짝에도 쓸모없고 거추장스럽기만 해.

차라리 잘라버리면 어떨까.

알아, 말도 안 된다는 거. 어제 고작 다섯 바늘 꿰맨 거 가지고도 그렇게 아팠는데 다리를 자른다니, 웃기지도 않는 생각이지. 하지만 나는 정말 그럴 생각으로 의자에서 일어섰어. 다른 건 보지도, 생각하지도 않았어. 오로지 싱크대 아래 찬장만 뚫어져라 바라보며 움직이기 시작했어. 엄마는 항상 그 안에 칼을 놔두곤 했거든. 그 순간, 내 머릿속에는 칼을 꺼내겠다는 생각밖에 없었어.

그런데 그때였어. 한쪽 지느러미로 벽을 짚은 채 급하게 발을 떼어놓다가, 나는 그만 중심을 잃고 기우뚱하며 미끄러지고 말았어. 뭔가를 잘못 밟은 거였지. 짧은 순간이었지만 양발이 다 바닥에서 떨어지면서 몸이 둥실 뒤집혀버렸어. 게다가 엉겁결에 다친 지느러미로 바닥을 짚는 바람에 엄청나게 아팠어. 오히려 정신이 번쩍 들더라. 대체 내가 뭘 밟았나 싶어서 봤더니, 어제 '폐허'에서 가져왔던 배터리들이 바닥에 떠다니고 있었어. 그 위를 발로 디뎠다가 배터리가 바닥에서 미끄러지면서 나도 같이 균형을 잃었던 거야.

믿어져? 그때, 아픈 지느러미를 문지르며 배터리를 내려다보고 있던 내 머릿속에 뭐가 지나갔는지 말이야.

칼에 대한 생각은 순식간에 사라졌어. 대신 그 생각이 있던 자리를 채운 건 정말 깜짝 놀랄 만한 아이디어였어. 난 배터리를 집어 가만히 들여다봤어.

왜 지금까지 이 생각을 못 했던 걸까?

갑자기 머릿속이 환하게 밝아지는 듯한 기분이었어. 내가 뭘 생각했는지 알겠니? 마치 누가 내 귀에 대고 속삭여준 것 같았어. 난 방법을 알고 있었어. 무엇을 어떻게 해야 하는지 정확히 알고 있었단 말이야! 나는 배터리 두 개를 갖고 내 방으로 돌아왔어. 내 보물상자가 있는 방으로. 난 미리 계획했던 것처럼 보물상자 안에서 필요한 부품들을 정확히 집어내 책상에 늘어놓고, 바로 작업을 시작했어. 설계도도 시험작도 필요 없었어. 이미 내 머릿속엔 모든 게 다 들어 있었거든.

엄마가 돌아온 건 늦은 저녁이었어. 평소처럼 열쇠로 문을 연 엄마는, 현관에 들어서자마자 날카로운 비명을 지르며 뒤로 물러섰어. 너무 놀라 꼬리지느러미를 휘젓는 것도 잊어버리는 바람에 엄마는 기우뚱거리며 문밖으로 떠밀려 갈 뻔했지. 그럴 수밖에, 지난 12년 동안 뭘 붙잡지 않고서는 똑바로 서 있지도 못했던 내가 방 한가운데 꼿꼿이 서서 엄마를 바라보고 있었으니까.

"너… 어떻게 된 거니?"

엄마는 겨우 이 말만 할 뿐, 내게 다가올 엄두도 내지 못했어. 나는 부드럽게 헤엄쳐 엄마에게 다가갔지. 그러자 안 그래도 커져 있던 엄마의 눈이 두 배로 커졌어. 나는 지느러미로 엄마의 손을 붙잡고, 터치 언어로 이렇게 말했어. **엄마, 수영 시합 할래?**

물론 정말로 시합을 하자는 말은 아니었어. 만약 내가 자유로이 헤엄칠 수 있게 된다면, 정말 그런 날이 온다면, 그냥 이 말을 제일 먼저 해보고 싶었거든.

◇

엄마에게 내가 만든 발명품을 설명하는 건 항상 재미있는 일이긴 했지만, 이번만큼 즐거웠던 적은 없었을 거야.

내가 만든 건 일종의 추진 장치야. 플라스틱 판을 길쭉하게 자르고, 양 끝에 배터리를 동력으로 삼는 제트 스크루를 달았어. 판 가운데 달아놓은 끈으로 꼭 가방처럼 어깨에 멜 수 있도록 만들었지. 두 제트 스크루에 이어진 기다란 전기선 끝에는 스위치가 있는데, 이걸 양쪽 지느러미에 쥐는 거야. 켜고 끄는 건 물론 추진력을 조절할 수도 있어. 왼쪽으로 헤엄치고 싶으면 오른쪽 스크루를 강하게, 오른쪽으로 헤엄치고 싶으면 왼쪽 스크루를 강하게 켜면 돼.

처음엔 좀 시행착오가 있긴 했어. 추진력을 조절하는 게 어려웠거든. 너무 강하게 맞추는 바람에 집 끝에서 끝까지 피융 날아가기도 했고, 제자리에서 빙글빙글 돌다가 천장에 부딪힌 적도 여러 번이었어. 하지만 곧 적당한 출력을 찾아내게 됐지.

처음으로 이걸 착용하고 밖에 나간 건 실밥을 풀러 병원에 가는 날이었어. 엄마가 현관문을 열자마자 난 스크루의 출력을 최대로 맞추고 튀어나갔어. 세상에, 바깥에서 자유롭게 헤엄쳐 다니는 게 이렇게 재밌는 일이었다니! 그동안 다른 인어들은 이렇게 신나는 걸 매일 하면서 살았단 말야? 난 길의 끝에서 끝까지 쏜살같이 헤엄쳐 왕복하기도 하고, 위로 솟구쳐 올랐다가

수직으로 떨어져 내리기도 하면서 실컷 즐겼어. 마침 길을 지나가던 어떤 할머니를 발견하고는 할머니 주위를 쌩쌩 돌다가 엄마에게 혼이 나기도 했지.

내가 그렇게 헤엄치며 노는 동안 다른 인어들은 모두 홀린 듯이 나를 쳐다보고 있었어. 자기 눈을 믿지 못하겠다는 듯한 표정으로. 그건 병원에 도착했을 때도 마찬가지였지. 로비에 들어서자마자 거기 있던 모든 인어들이 나를 쳐다봤어. 뭐, 사실 시선을 받는 건 그전이나 지금이나 마찬가지긴 하지만 이번엔 달랐지. 엄마가 진료 접수를 하는 동안 나는 로비를 곡예하듯 헤엄쳐 다니며 은근슬쩍 내 발명품을 뽐냈어.

그날 최고로 기분이 좋았던 순간은 진료실에서 의사를 마주했을 때였어. 의사는 나를 보더니 귀신이라도 본 것처럼 놀라 자빠졌지. 정작 상처는 쳐다보지도 않고 내가 만든 제트 스크루만 관찰하기 시작했어. 뭘로 만들었는지, 무엇으로 움직이는지, 어떻게 사용하는지 등을 열심히 물어보면서. 나는 엄마에게 터치 언어로 대답을 해줬고 엄마가 의사에게 내 말을 전달했어. 그러자 의사는 진지한 얼굴로 날 보면서 이렇게 말했어.

"어쩌면 이게 우리 인어들의 삶을 바꿔놓을 수도 있어요."

그러고 보니 그 말은 일리가 있었어. 그때까지는 생각하지 못했던 사실이지만, 이 장치는 나처럼 자유로이 헤엄치지 못하는 인어들은 물론 그렇지 않은 인어들에게도 큰 도움이 될 게 분명하니까. 그때 나는 내가 앞으로 무엇을 해야 하는지 깨달

앉어.

집으로 돌아온 엄마와 나는 오랫동안 이야기를 나누었어.

그날 밤, 나는 내 발명품의 설계도를 그렸어. 몇 가지 다른 버전도 추가했지. 스크루가 하나만 달린 것부터 시작해 아주 가벼워 활동성이 좋은 것, 반대로 무거운 추를 달아 안정감을 높인 것 등등. 아이디어는 끝없이 떠올랐지. 생각의 속도를 지느러미가 따라잡지 못해 답답할 지경이었어. 밤을 꼴딱 새웠지만 전혀 힘들지 않았다니까?

다음 날 엄마는 공장에 하루 휴가를 냈어. 출근하는 대신, 엄마랑 나는 함께 중심지로 갔지. 변리사 사무실을 찾아간 거야. 내 발명에 대한 특허를 받기 위해서.

변리사는 특허를 내기 위해 내 발명품에 이름을 붙이는 게 좋겠다고 했어. 사실, 미리 생각해둔 이름이 있긴 했지. 나는 내가 그린 설계도 위에 조심스럽게 적었어. '**걸음마**'라고. 아이의 첫걸음을 기뻐하던 고대 인류의 풍습에서 따온 거야. 어때, 멋지지 않아?

◇

그 뒤의 일은 일사천리로 진행됐어. 엄마가 조금씩 모아뒀던 돈으로 우리는 작은 가게를 냈어. 뭐, 거창한 건 아니고 그냥 조그만 방 한 칸에 불과했지만 말이야. 엄마는 찾아오는 고객들의 상담을 맡았어. 그들의 몸을 살펴보고 치수를 잰 뒤 내게 넘겨주면 나는 그들에게 딱 맞는 '걸음마'를 만들어줬어. 당연한 말이지만 가게 홍보는 따로 필요 없었어. 내가 '걸음마'를 타고 물속을 부드럽고 빠르게 헤엄쳐 다니는 모습, 그게 바로 광고였거든. '걸음마'는 천천히 입소문을 타고 알려지기 시작했어. 나처럼 다리가 달린 채로 태어난 인어들부터 사고로 꼬리지느러미를 다친 인어들, 나이가 들어 더 이상 꼬리지느러미 기능이 예전 같지 않은 인어들로 가게는 온종일 미어터졌지.

하지만 정말 멋진 일은 따로 있었어.

어느 날 새로운 '걸음마' 샘플을 만들고 있었는데, 갑자기 꽤좋은 아이디어가 떠올랐지 뭐야. 배터리가 아니라 초소형 핵융합 발전기를 동력으로 삼으면 어떨까? 하는 생각이.

물론 말처럼 간단한 일은 아니었어. 일단 핵융합 에너지는한 번에 생성되는 에너지의 양이 너무 많아. 고출력 에너지를섬세하게 조정하기 어려워서 원래 작은 기계에는 적합하지 않은 동력원이지. 하지만 내가 누구야? 거의 한 해가 꼬박 걸리긴했지만, 결국 핵융합 에너지로 움직이는 '걸음마'를 만들어냈다이거야. 이전 버전보다 훨씬 힘이 좋은 건 당연하고, 높은 출력을 견디도록 튼튼한 티타늄으로 만들었기 때문에 가볍고 강하기까지 하다구.

그렇게 완성된 새로운 핵융합 '걸음마'를 시험해보는 날이있었어. 물이 아주 맑고 수온도 적당한 멋진 날이었지. 그걸 둘러메고 여느 때처럼 가게 밖으로 나갔는데, 갑자기 말이야, 진짜 기가 막힌 생각이 들었어. 그걸, 할 수 있을 것 같다는 생각이 들더라고. 아니 그건 추측이 아니라 확신이었어. 난 누가 쏘아 올리기라도 한 것처럼 위로, 위로 끝없이 헤엄쳐 올라가기 시작했어. 평소 인어들이 다니는 길을 벗어나서 더 높게, 우리 집과 도시가 까마득히 멀어져 더 이상 보이지 않게 될 때까지. 들은 대로 그곳엔 강한 해류가 소용돌이치고 있었지. 하지만 신형 '걸음마'는 끄떡없이 내가 원하는 대로 움직여줬어. 튼튼하게 나를 받치고 내가 원하는 곳으로 날 데려가줬지. 하나도 무섭지 않았어. 나는 곧게 위를 바라보며 일직선으로 헤엄쳐 갔어.

그렇게 어느 정도 올라갔을까, 주위가 점점 밝아지기 시작했어. 생전 처음으로 느껴보는 빛, 우리가 집에서 켜는 전등과는 전혀 다른 따뜻하고 충만한 그런 느낌의 빛이 사방에 가득 차 있었어. 본능적으로 알 수 있었지, '수면'이 가까워지고 있다는 걸.

긴장과 흥분으로 가슴이 터져버릴 것 같았어. 나는 계속 올라갔어. 가면 갈수록 사방은 밝아졌고 물은 따뜻해졌지. 너무 밝아서 이리저리 움직이는 해류는 물론 그 속에 소용돌이치는 금빛 모래알들까지 하나하나 셀 수 있을 정도였어. 꼭 내가 물이 아니라 빛 속을 가르며 솟구치고 있는 듯한 기분이었고, 동시에 따스하게 빛나는 무언가의 품에 꼬옥 안기고 있는 것 같기도 했어. 뭐라고 설명할 수 있을까, 이때의 감격을 말야.

몇 시간이 지났을까, 황홀경에 빠져 정신없이 헤엄쳐 올라가고 있던 참이었어. 갑자기 내 머리가 지금까지 전혀 몰랐던 어떤 다른 공간으로 쑤욱 내밀어졌어. 깜짝 놀라 황급히 몸을 움츠리는 바람에 최초의 경험은 아주 짧았지만 확실히 알 수 있었어. 내가 방금 '수면' 위의 세계에 다녀왔다는 걸! 너무너무 무섭고 떨렸지만 여기까지 와서 포기할 수 있겠어? 잠시 마음의 준비를 하고 나서, 나는 다시 고개를 들고 '수면' 너머로 머리를 쏙 내밀었어. 그리고 눈을 크게 떴지.

그때 본 풍경을 나는 평생 잊지 못할 거야.

그곳은 온통 새파란 색이었어. 지금까지 그런 파란색은 한 번도 본 적이 없었어. 그걸 대체 무엇에 비교할 수 있을까, 아무리 값비싼 보석도 그곳의 색보다 아름다울 수는 없을 거야. 한 번 보면 절대 잊을 수 없는 그런 색이 드넓은 공간에 가득 있었어. 그리고 빛이, 눈이 따가울 정도로 강하고 뜨거운 빛이 아주 먼 곳에서부터 내리쬐며 그곳을 꽉 채우고 있었어. 투명하고 부드러운 것이 멀리서부터 다가와 내 얼굴을 쓸고 지나갔고, 가슴 밑으로는 '수면'이 찰랑거리며 나를 간질이고 있었지. 아무리 설명해도 넌 완전히 이해하지 못할 거야, 그 멋진 감각을. 숨이 차고 눈도 따가웠지만 난 몇 번이고 고개를 내밀어 그곳의 모든 것을 눈에 담았어.

그날부터였어, '걸음마'의 목적이 조금 달라지기 시작한 건.

핵융합 에너지를 동력으로 한 티타늄 '걸음마'를 처음 선보이던 날, 가게를 열기도 전에 줄을 서서 기다리던 인어들 대부분은 멀쩡한 꼬리지느러미를 가진 이들이었어. 음, 내가 텔레비전에 낸 광고가 제대로 먹혔나 봐. 그들은 광고 영상에 나온 '수면' 위 풍경을 당장 보고 싶어서 안달이 나 있었거든. 그날 순식간에 몇 년치 제작 예약이 꽉 차버렸어.

그날 '걸음마'를 사 간 인어들은 몇 가지 새로운 사실을 알게 됐지. '걸음마'는 '수면'에 갈 때는 물론 일상생활에서도 아주 유용하다는 점과, 스스로 헤엄치는 것보다 '걸음마'를 타고 다니는 게 훨씬 편하고 빠르다는 걸 말야. 우체부나 택배 배달원들을 시작으로 이제 모두가 '걸음마'를 하나씩 메고 다니기 시작했어.

하지만 '걸음마'를 처음 구입한 인어들이 가장 먼저 하는 건 역시 '수면' 위 풍경을 보러 가는 거였어. 고객들은 자기 몸에 꼭 맞게 제작된 걸음마를 받자마자 망설임 없이 그 자리에서 높이 헤엄쳐 올라갔고 한참 뒤에 황홀한 표정으로 내려왔지. 그들은 입을 모아 말했어, 그 위에서 새로운 세계를 봤다고. 지금까지는 전혀 본 적 없던, 있는지도 몰랐던 아름다운 세계를 말이야.

하지만 내 생각에 그 말은 반은 맞고 반은 틀렸어. '걸음마'가 새로운 세계를 만들어냈다는 부분은 옳지만, 그 세계는 '수면' 위에 존재하진 않아. 이곳에 있지. 내가 무슨 말을 하는 건지 알겠니? 뭐, 지금까지 헤엄쳐 다니는 데 전혀 문제가 없었던 인어라면 한 번에 이해할 수 없는 게 당연해. 하지만 나처럼 남들과 달랐던 인어들은 모두 느끼고 있어. 이제 우리들은 서로 크게 다르지 않게 되었다는 걸. 모두가 원할 때 원하는 곳으로 자유롭게 갈 수 있고 같은 걸 보고 와서 얘기할 수 있어.

이게 얼마나 큰 의미인지, 또 내게 얼마나 큰 기쁨과 성취감을 주었는지는 굳이 설명하지 않을게. 하지만 나는 '걸음마'가 바꾸어놓은 우리 세계의 풍경이 '수면' 위보다 훨씬, 정말 훨씬 더 아름답다고 자주 생각해.

사실 그렇잖아?

◇

시간이 아주 빠르게 흘렀어. 새 '걸음마'를 선보인 지 1년째 되는 해에는 중심가에 자리를 얻어 가게를 넓혔고, 공장도 두 군데나 크게 지었어. 2년째에는 새로운 일을 하나 더 벌였지. '걸음마 재단'이라는 걸 만들었거든. 여기서는 신청자를 선별해 최신 버전의 '걸음마'를 지원하는 사업을 하고 있어.

그러던 어느 날이었어. 엄마는 고객과 상담을 하고 있었고, 나는 가게 뒤편에 있는 작업실에서 시험작을 만들고 있었어. 그때 내 발목에서 갑자기 바이오워치가 울렸지. 평소 듣던 알람 소리와는 다른, 빠르고 날카로운 소리가.

나는 그걸 듣자마자 무슨 소리인지 알아차렸어. 엄마도 그랬는지 새하얘진 얼굴로 다급하게 헤엄쳐 와서는 아무 말도 못 한 채 나를 바라보고 있었고. 우린 그 소리를 들어본 적이 있었어. 아주 오래전에, 아빠의 바이오워치가 이런 소리를 내며 울린 적이 있었거든. 범문협에서 부름을 받았을 때 말이야.

◇

이제야 이 긴 이야기가 끝나가는 것 같네. 결론적으로 말하면, 나는 지금 우주선에 타고 있어. 지구로부터 20억 광년 정도 떨어진 어떤 별로 가는 중이지.

우주선에 함께 탑승한 범문협 직원에게 대강의 설명을 들었어. 내가 지금 향하고 있는 별에는 인어와 비슷한 신체를 가진 이들이 살고 있는데, 최근에 대규모의 끔찍한 전쟁이 있었대. 많은 생존자들이 장애를 얻었다는 거야. 그 별에서 그들에게 적합한 새로운 '걸음마'를 만들어내는 게 내가 맡은 임무야.

지구는 괜찮을 거야. 능력 있고 믿을 만한 기술자를 구해뒀으니까. 게다가 제작의 많은 부분은 자동화된 지 오래라, 생산라인을 통해 웬만한 부품은 찍어낼 수 있게 됐거든. 작업실 컴퓨터에는 그동안 내가 연구한 '걸음마' 제작 노하우를 전부 담은 파일을 남기고 왔고.

이렇게 씩씩하게 말하지만 사실 슬프지 않은 건 아니야. 전혀 모르는 새로운 별로 가는 것도 물론 두렵지만 그보다는 혼자 남게 될 엄마가 마음에 걸렸어. 엄마는 아빠가 떠난 뒤에도 나를 혼자 키우며 꿋꿋이 버텨온 강한 인어였지만 이렇게 갑작스럽게 혼자가 될 줄은 몰랐을 거야. 엄마를 생각하면 정말 떠나고 싶지 않았어. 평생 지명수배자로 살게 되더라도 바이오워치를 끊어버리고 '폐허'로 엄마와 둘이 도망칠까 하는 생각까지 했지.

그런데 내가 떠나는 날이었어. 우리가 우주선 공항에 도착했을 때, 거기엔 엄청난 수의 인어들이 모여 있었어. 공항 입구부터 시작해 탑승구까지 인어들로 꽉 차서 바글거렸지. 그때까지만 해도 우린 무슨 일인지 몰랐어. 뭐 아이돌 가수라도 왔는가 하고 있었지. 그런데 우리가 캡슐에서 내리는 걸 보자, 그들은 우리 쪽으로 우르르 몰려왔어.

어안이 벙벙한 채로 서 있자 귀가 따가울 정도의 환호성이 들려왔어. 거기 모인 수천, 수만의 인어들이 함성을 지르고 있는 거였어. 공항이 쩌렁쩌렁 울릴 정도로 엄청난 소리였지. 그들은 저마다 이렇게 외치고 있었어. 고맙고, 감사하고, 사랑하고, 응원한다고. 여기에서 우리는 내가 가져다준 이 새로운 삶을 소중히 살아가겠노라고, 그러니 지구는 걱정하지 말고 떠나도 된다고.

범문협 직원들이 밀어냈지만 소용없었어. 수많은 인어들이 '걸음마'를 타고 헤엄쳐 와 우릴 쓰다듬고, 부둥켜안고, 선물과

꽃과 편지를 건네줬어. 우주선엔 아무것도 가지고 탈 수 없다고 외쳤지만 막무가내였지. 마지막으로 엄마에게 짧게 포옹하고, 우주선으로 들어가는 통로로 향하기 직전까지도 그들은 계속 외쳤어. 나를 기억하겠다고.

그러니 엄마는 괜찮을 거야. 나는 지구를 떠나지만, 그들이 남아 있을 테니까. 내 '걸음마'와 함께 살아가는 인어들이. 그들이 엄마를 지켜주고 응원해줄 거야. 내가 떠난 빈자리는 좋고 따뜻한 것들로 채워지겠지. 그렇게 생각하니 마음이 한결 가벼워졌어. 걱정되지 않는 건 아니지만, 그래도 결국 모든 건 잘 해결될 거라는 믿음이 생겼다고나 할까.

지구를 위한 마지막 선물이라고 하기엔 너무 거창하지만, 나는 작업실 컴퓨터 바탕화면에 설계도 하나를 남기고 왔어. 지금까지 없었던 새로운 '걸음마' 모델의 설계도지. 그건 어린이를 위한 '걸음마'야. 힘이 약하고 몸무게가 적게 나가는 아이들도 착용할 수 있도록 무게며 출력을 신중하게 설계했어. 이게 어른 인어용 '걸음마'처럼 모두에게 보편화되는 때가 오면, 남들하고 좀 다른 꼬리지느러미를 갖고 태어났다 하더라도 불편한 순간은 평생을 통틀어 한순간도 살 필요가 없을 거야. 그 애들은 친구들과 같이 헤엄쳐 놀고 자유로이 여행하며 건강한 인어로 자랄 거고, 그러면서 이 세계를 더 멋진 곳으로 만들어주겠지.

나는 눈을 감고 지느러미를 모아 온 마음으로 기도했어. 지구에 어서 그런 날이 오기를.

그러는 동안 우주선은 빛보다 빠른 속도로 나아가고 있었고, 나는 곧 새로운 '걸음마'가 생겨날 별에 점점 가까워지고 있었어.

고래고래 통신

전삼혜

◇

2010년 대산대학문학상을 받았다. '착한 소수
자' 타입에서 벗어난 사람 이야기를 쓰는 걸 좋
아한다.

대학 다닐 때까지는 뭔가 남을 돕는 사람이 되
고 싶었다. 점역사도 속기사도 꿈꿔봤지만 어째
서인지 결국 이야기 만드는 사람이 되었다. 이제
남을 돕기보다는 함께 살아가는 사람이 되고 싶
으니, 이 이야기가 다른 사람들과 함께 살아가기
를 바란다.

여름방학 막바지에 발등을 다쳤다. 바닥에 떨어진 핸드폰을 발을 휘저어 찾다가 벌어진 일이었다. 책장을 걷어찬 걸로 끝났으면 기껏해야 발가락 좀 아프고 말았을 텐데, 걷어찬 책장에 대충 쌓아둔 책들이 발등 위에 떨어졌다. 그러니까 평소에 책 정리 잘 하랬잖아! 엄마의 잔소리를 들으며 택시를 타고 정형외과에 갔다. 발등에 금이 갔다니. 일주일 정도는 돌아다니지 말라는 말에 침대에 누운 채 개학을 맞이했다. 반깁스나마 할 수 있게 되어 절뚝거리며 늦여름의 막바지에 나는 2학기를 맞았다.

"쌤, 저 왔어요."

"발등은 괜찮아?"

이미 사고 소식을 알고 있던 담임이 나를 맞아주었다.

"죽겠는데요. 교무실까지 계단 오르다 오늘 끝나는 줄."

담임은 "입은 멀쩡하네"라며 내 손에서 진단서를 받아 들었다. 진단서를 전산에 입력하던 담임은 잠시 얼굴을 찡그리더니 내게 손짓했다. 나는 모니터 쪽으로 고개를 쭉 뺐다. 아, 이건 뭔가 귀찮은 일이 생길 예감인데. 모니터에는 '봉사활동 시간을 입력하세요'라는 문구가 떠 있었다.

"봉사 시간요? 그런 숙제 있었나?"

"20시간. 통지문에 적혀 있었잖아. 마지막 주에 봉사활동 다 같이 간다고."

그랬나. 그랬나보네. 못 간 건 아쉽지 않았지만 나는 일부러 아쉬운 척을 했다.

"아이고, 어쩌죠. 제가 몸이 이래서 깜박했네요. 아쉬워라."

가당찮은 소리라는 듯 담임이 헛웃음을 지었다. 연기력을 좀 더 갈고닦아야 할 것 같았다. 음. 이대로 순순히 넘어가주면 참 고마울 텐데. 나는 간절한 눈빛으로 담임을 보았지만 담임은 이내 사이트 몇 곳을 찾아보더니 나에게 프린트 몇 장을 출력해 내밀었다.

"다녀오렴, 금토일 2박 3일 봉사활동."

"쌤, 저는 지금 저를 도와줄 자원봉사자가 필요한 것 같은데요……."

구시렁거리면서도 나는 프린트를 받아 읽었다. 20시간 날로 먹기는 텄네. 교육청에선 언제나 대체를 준비해준다며 담임이 뭐라 말했지만 그건 건성으로 들어 넘겼다. 금요일 병결 처리는 된다 치고 이게… 이쪽에 연수원이라는 게 있었나? 학력경진대회라는 타이틀과 장소, 날짜가 적힌 첫 장을 넘기고 나는 눈을 껌벅거렸다. '본 대회는 여성 장애 학생들의 학력경진과 장애-비장애 학생의 합동연구과제를 도모하는 경연의 장으로서 기능하며 비장애 학생에게는 봉사정신, 장애 학생에게는 도전정신을 함양할 기회로…' 네?

"그러니까, 지금 이 발로, 장애인을 도우러 가라는 말씀?"

"산 타는 걸로 바꿔줄까? 토요일에 청계산 쓰레기 줍기 여덟 시간 콜?"

"아, 매너가 없으시다. 정말… 쌤이 장애인이면 지금 나한테 도움을 받고 싶어요?"

담임은 헛소리하지 말라며 내가 들고 있는 프린트에 인가 도장을 찍었다.

"도움이 필요한지 아닌지는 받는 사람이 판단하는 거야."

결국 나는 울며 겨자 먹기로 신청 시스템에 내 개인정보를 납부했다. 담임은 "그래도 수련원 시설이 좋아서 다니는 데 불편하지는 않을 거"라고 했다. 이 대회가 원래 다 조 짜서 오는 건데 가끔 이렇게 티오가 나서 너 같은 어린 양을 도와주는 거라며 생색도 좀 냈다. 뭔 상관입니까. 장애인이 다 거기서 거기지. 공부 잘하는 애들이 모여봤자 다 똑같지. 파트너가 누가 걸리든 중간에 팽개치고 오면 정말 청계산으로 보내겠다는 담임의 으름장을 뒤로 흘리며 교무실을 나섰다.

그렇지만 자기를 외계인이라고 주장하는 파트너가 걸릴 줄은 몰랐지.

담임 말대로 연수원에는 거의 문턱이 없었다. 계단 옆에는 어김없이 경사로와 엘리베이터가 설치되어 있었다. 덥고 다리를 다쳤다는 것만 빼면 이런 데서 봉사활동이라니 운이 좋다고 생각할 수도 있을 것 같았다. 그사이 반깁스는 풀었지만 운동화 안에 플라스틱 고정보호대를 차고 있어서 발에 땀이 찼다. 나는 접수대에 가서 내 이름과 학교를 댔다.

"강솔 학생. 추가 접수 학생이네요? 그러면 파트너가…"

접수대에 앉아 있던 사람은 한숨을 한 번 쉬더니 일어서서 큰 소리로 말했다.

"이윈 학생! 일어나서 두 시 방향으로 직진, 열다섯 걸음 정도요."

왜 저렇게 부르지, 라고 생각하며 뒤를 돈 나는 바로 연수원에 온 것을 후회했다. 흰색 지팡이로 앞을 짚으며 온 애는, 상당히 특이한 모습이었다. 이 행사가 여성 장애 학생 대상이라고했으니 일단 여자이긴 할 텐데, 숏컷으로 자른 머리카락하며 홀쩍 큰 키. 게다가 나를 가장 후회하게 만든 것은 머리 전체에 밴드를 둘러 고정한 그 애의 고글이었다. 새까만 고글. 시각장애인이라니, 망했다.

내가 후회하는 사이 그 애는 내 앞에 와서 섰고, 네 시 방향이라는 말을 듣고 내 쪽으로 얼굴이 오게 몸을 돌렸다. 아, 어쩌지. 지금이라도 못 하겠다고 할까. 핑계를 궁리하던 내 앞에서 그 애는 손목에 찬 밴드를 몇 번 매만지더니 피식 웃었다.

"뭐예요, 애 발등 다친 거 같은데? 애가 내 파트너라고요?"

…응?

대체 무슨 소리야. 내 후회가 얼떨떨함으로 바뀌자 그 애를 부른 사람이 엄하게 말했다.

"이원 학생. 지금 개회 15분 전이고, 이 학생이 마지막 기회예요. 파트너 없으면 대회 참가 안 되는 거 알죠?"

마치 내게는 선택권이 없다는 양 돌아가는 대화의 양상이 조금 짜증났지만, 나는 그때까지 뭐가 뭔지 분간이 안 가는 상태였다. 이원은 뭔가 투덜대다가 다시 방향과 걸음 수를 지시받고 지팡이로 바닥을 툭툭 치며 돌아갔다. 내 어깨를 살짝 잡는 손길이 느껴졌다. 그제야 〈지도교사 임수경〉이라고 적힌 목걸이가 눈에 들어왔고, 나가자는 눈짓을 볼 수 있었다. 나는 반쯤 얼이 빠져 따라갔다.

가장 가까운 그늘에 잠시 서서 우리는 말이 없었다. 먼저 입을 연 건 지도교사라는 사람 쪽이었다.

"편하게 불러요. 오는 애들은 수경 쌤이라고 부르던데, 그렇게 해도 되고."

"아, 네."

지금 중요한 건 그게 아닌 거 같은데요. 나는 머릿속의 혼란을 최대한 잠재우며 질문을 정리했다.

"시각장애인… 아니에요? 방금 그 애."

"원이요? 맞아요. 등급제 있던 때 기준으로 2급인가 3급 정도. 음… 엄청, 엄청 눈이 나쁘다고 보면 대충 맞아요. 그런데 발다쳤어요?"

"네. 거의 나아서 반깁스는 풀었는데…"

나는 주섬주섬 운동화를 벗어 안의 고정보호대를 드러냈다.

"정말 다쳤네. 봉사활동 할 수 있겠어요?"

"네… 그런데 쟤, 제가 다친 건 어떻게 안 거예요?"

수경 쌤이 이마를 짚었다.

"이걸 어디서부터 어떻게 설명해야 하나. 원이는 매년 이 모양이에요."

수경 쌤은 짧은 시간 동안 최대한 많은 정보를 전달하려고 노력했다. 원이는 보호기관에 살면서 이 대회에 매년 참가하고 있다는 것. 이 대회는 여성 청소년 중 성적우수자 장애인과 비장애인이 파트너를 이루어 숙식을 같이하며 진행된다는 것. 그리고 원이라는 애 성격이 아주, 아주, 매우, 특출나게 이상하다는 것.

"원이가 쓰고 있는 건 초고기능 반향정위 장치예요. 그게, 음파라는 게 앞에 있는 게 뭐냐에 따라서 통과 속도가 다르거나 튕겨져서 돌아오거나 한대요. 원이가 사용하는 '시그널'이라는 건 손이 하는 역할을 고주파수 음파가 대신하는 건데, 의료기관 지원을 받아서 시범 사용자로 선정이 됐어요."

"그런데 왜 파트너가 필요해요?"

수경 쌤은 씁쓸하게 웃었다.

"눈으로 봐야만 알 수 있는 것들을 원이 혼자서는 알 수 없으니까요."

아마 학생 다리에 대고 뭐라고 한 것도 반향정위 때문일 거예요. 내가 대신 사과할게요. 원이는 친구가 없어요. 머리는 정말 좋지만, 사람을 대하는 걸 잘 못 해요. 이건 누르면 소리가 나서 위치를 알려주는 목걸이형 발신기고, 이건 숙소 키, 이건 학생이 쓸 태블릿이에요. 작은 천가방에 담긴 물건들을 건네주며 수경 쌤은 내 손을 잡았다.

"부탁할게요."

설명을 듣고, 강당으로 돌아가 이상한 파트너의 옆을 찾아가 앉자, 개회식이 시작되었다.

왜 이런 이상한 애에게까지 신경을 써주는 걸까. 개회사는 스크린을 통해 수어와 문자로 동시에 중계되고 있었다. 건성건성 들어도 내용을 무리 없이 따라갈 수 있다는 건 좋았다. 주위를 힐끔 둘러보니 몇 명은 태블릿에 헤드폰을 연결해 듣고 있는 것 같았다. 그렇군. 여기 오는 애들은 그래도 '완전히 안 보이는' 건 아니라지만 자막으로 따라가는 건 힘든 건가. 정작 내 파트너는 헤드폰도 끼지 않고 태블릿을 보지도 않은 채 앞을 보며 히죽히죽 웃고 있었다. 얼굴이 정면을 향하고 있으니 아마도 앞을 보고 있을 터였다. 눈이 어디 있는지 보이질 않으니 정확히는 모르겠지만. 하지만 뭐 그게 대수랴. 나는 내 2박 3일이 얼마나 피곤할 것인가를 가늠하고 있었다. 몇 명의 시선이 원이 쪽을 훑는 게 느껴졌다. 내 파트너는 친구는 없어도 적은 많은 것 같았다. 한숨을 참고 있는 내 옆구리를 이원이 쿡 찔렀다.

"강솔 맞나? 이름 뭐랬지?"

"맞아."

옆구리를 문지르며 건성으로 대답했다. 내 발도 건사하기 힘든 터라 휠체어를 밀어야 하는 파트너보다는 이쪽이 낫겠다 싶기도 했지만, 역시 껄끄러웠다. 봉사 시간만 아니라면 그냥 핑계를 대고 집에 가버리고 싶었지만 담임의 잔소리가 무서웠다. 내가 무슨 표정을 짓든 이원은 그저 싱글거리고 있었다.

"긴장해라. 여기 애들, 성질 되게 더럽거든."

이원의 말에 나는 허, 하고 헛웃음을 토해버렸다. 아니, 수경 쌤 말로는 네 성질이 제일 더러운 것 같던데. 내가 헛웃음을 짓거나 말거나 이원의 말은 이어졌다.

"기억해야 될 거야."

경고 같은 그 말이 계속 머리에 맴돌았다. 제까짓 게 무슨. 나는 일부러 중얼거리며 생각을 밀어내려 애썼다. 내 중얼거림을 들었을 텐데도 이원은 계속 싱글싱글 웃고만 있었다. 하지만 그

표정도 개회식이 끝나자마자 사라졌다. 친절하게도 주최 측에서 우리가 단 명찰에 파트너인지 경진대회 참가 당사자인지 적어놓은 덕에, 나는 내 옆을 스치고 지나간 애가 '참가 당사자'라는 걸 알았다. 그리고 그 애가 이원이 걸려 넘어지기 좋을 위치에 의자를 슬쩍 밀어놓는 것도. 내가 뭐라고 하기도 전에 이원이 먼저 일어나서 그쪽을 향해 소리 질렀다.

"야, 유치하게 이딴 장난칠래?"

의자를 밀어놓은 그 애는 자기 파트너와 무어라 손짓을 주고받았다. 내가 이원 옆에 서서 "청각장애 같은데"라고 말했지만 이원은 계속 씩씩거렸다.

"누군지 견적 나오네. 아… 강솔, 걔 어느 쪽에 있냐?"

음. 이 복수에 동참을 해줘야 하나. '어느 쪽'이냐는 말을 듣고 좀 고민했지만 나는 별 양심의 가책 없이 "한 시 방향"이라고 대답했다. 그러자 이원은 몸을 조금 틀더니 그 애가 있는 방향으로 가운데손가락을 날렸다. 나는 풉, 웃어버렸고 그 애의 표정은 짜증으로 물들었다. 다시 내 쪽으로 몸을 돌린 이원이 지팡이로 앞을 툭툭 짚었다.

"앞은 너보다 덜 보여도 의자 끄는 소리는 내가 더 잘 들거든? 매년 난리야, 진짜."

앞을 몇 번 휘저어보던 이원은 팔을 뻗어 내 팔꿈치를 잡았다. 갑작스러운 접촉에 내가 몸을 빼자 이원의 몸이 옆으로 휘청였다. 뭐지. 그 잘난 '시그널'로 내 뼈에 금 간 것도 알아내더니. 미안한 마음에 다시 이원의 팔을 잡자 이원이 자세를 바로 하고 내 귀에 속삭였다.

"시그널 감도 최고로 올리면 머리 울려. 좀 도와라. 도우러 온 거 아님?"

그래라. 나는 학교에서 배운 대로, 그러나 꽤 어색하게 이원에게 내 팔꿈치를 잡게 하고 문 쪽으로 걸음을 옮겼다. 이원은 내가 방향을 이리저리 틀 때마다 비틀거렸다. 방향을 꺾을 때마다 몇 시 방향, 앞에 뭐, 같은 식으로 말해줘야 한다는 걸 내가 몰랐으니 별 수 있나. 문 앞에 아까 의자를 밀어놓았던 애와 파트너가 기대 서 있었다. 싸울 것 같으니 모른 척 지나가려는 내 옆으로 또렷한 말소리가 들렸다.

"엿 먹어."

파트너가 욕을 했겠지, 생각하고 그쪽을 보니 〈참가자〉 명찰을 단 애가 입을 열어 말하고 있었다.

"엿. 먹으라고. 엿."

이번엔 내가 한 대 맞은 표정이 되었고, 엿을 먹은 이원이 옆에서 허리를 굽혀가며 웃었다.

…선생님, 청각장애인이 구화도 한다는 거 왜 안 알려줬어요?

"차민정하고 유사라지? 욕한 애가 차민정, 파트너가 유사라. 완전 진상이네. 작년에도 그러더니 올해도 난리야."

바깥 벤치에 나란히 앉아 있는데 이원이 묻지도 않은 말을 조잘거렸다. 투 머치 토커 확정. 그럼 작년에도 이랬단 말인가. 이원의 투 머치 인포메이션 덕분에 나는 수경 쌤이 알려준 것보다 더 많은 지식을 습득했다. 이 대회는 올해가 8회째고 이원과 차민정은 2년 전에 처음 만났다는 것. 유사라는 그때부터 차민정의 파트너였다고 했다. 주로 인터넷으로 교류하던 애들이 페어로 나오는 대회라고. 그러니까 보통은 첫 참가자여도 파트너와 어느 정도 교류가 있고, 나 같은 생초짜가 끼어드는 일은 드물다고 했다. 하긴, 누가 2박 3일간 자기의 안전을 초보 파트너에게 맡기고 싶겠는가. 이해는 갔다. 하지만 파트너가 없는 것보단 어설픈 파트너라도 있는 게 나으니 주최 측에서는 종종 '봉사활동'을 내세워 파트너를 모집하고, 올해는 그게 나라고 했다.

"앞이 보이면 달려가서 멱살을 잡든 할 텐데, 시그널은 감도를 올려도 상대가 도망가버리면 추적을 못 하거든. 추적 가능한 반경이 좁아."

이 와중에도 이원은 반성이 아니라 시그널의 좁은 반경에 대해 투덜거리고 있었다. 글쎄, 2년이나 싸워댔으면 너에게도 문제가 있지 않을까. 사이 좋게 지낼 방법 같은 건 생각하지 않는 거니. 그런 생각을 하는 내 옆에서 이원이 쭉 기지개를 폈다.

"상관없다~ 나는 올해로 이 대회 끝이니까~"

"왜?"

내 물음에 이원은 비밀이라도 말하듯 팔찌를 몇 번 돌렸다. 아마 그게 이원에게는 '주위를 둘러본다'는 동작과 비슷한 것 같았다. 그러더니 내 쪽으로 고개를 돌리고는 이원이 작게 속삭였다.

"지구 생활이 끝나거든."

나는 그 말을 '올해가 지나기 전에 죽어버리겠다'는 뜻으로 오해했고, 입을 뻐끔거리다가 간신히 말을 꺼냈다.

"야, 생명은 소중한 거야. 자살은 좀 아니지! 그, 앞이 안 보여도 희망을 가지고!"

"무슨 개소리야."

이원은 코웃음을 치고 좀 더 작게 말했다. 나에게만 들릴 만큼 작은 목소리로.

"난 외계인이야. 내가 있던 별로 돌아갈 거야."

신이시여. 아니, 담임이시여. 장애인을 보조하라고 했지, 자길 외계인이라고 우기는 애를 보조하라고는 안 하셨잖아요? 내가 상상도 못 한 전개에 기가 막힌 사이 이원은 낄낄 웃으며 내 목이며 옆구리며 몸 여기저기를 찔러댔다. 계세요? 너 거기 계시냐? 나는 이원의 손을 털어내면서도 영 떨떠름했다.

"개소리는 네가 하는 게 개소리지. 외계인이 무슨 시각장애인이야. 지구 정복이나 하지."

이원은 두 손을 무릎 위에 올려놓고 절레절레 고개를 흔들었다.

"지구인들은 진짜 상상력이 부족하다니까."

만난 지 두어 시간 만에 온갖 험한 소리를 주고받는 건 대회 취지에 어긋나지 않을까. 하지만 상대가 상식인이 아닌데 나도 굳이 상식인이 될 필요는 없을 것 같았다. 자기네 종족은 원래 시각이 아니라 초음파로 통신하고, 자신은 지구에 파견된 유학생이며, 비장애인 지구인들에게서 정말 엿 같은 대접을 받으며 '지구인에게는 공감이라는 게 부족하다'는 결론을 내렸다는 이… 인간을 내가 도대체 어떻게 대해야 하는가.

"그러니까 나 잘 때 고글 벗기지 마."

"고글 벗기면 뭐, 촉수 나오냐?"

반쯤 포기한 내 말에 이원은 의외로 진지하게 대답했다.

"우리 종족은 눈이라는 게 없어서… 지구로 올 때 좀 대충 만들었거든. 보기 좋지는 않은가 봐."

작년 파트너가 자기 말을 안 듣고 고글을 벗겼다가 울고불고 난리가 났다고, 이원은 히죽거리며 말을 맺었다.

이렇게까지 상상력이 풍부한 시각장애인은 난생처음 봤다.

별 탈 없이 첫날이 지나갔다. 차민정과는 마주칠 일이 거의 없었다. 학력 테스트 고사장이 장애 유형별로 분류되어 있는 덕일까. 이렇게 스케줄이 따로 잡혀 있는데도 악연을 만들 수 있다는 점에서는 감탄스럽기도 했다. 이원이 테스트 보조 헤드폰을 끼고 저시력자용 문제지를 들여다보는 동안 나는 그런 생각을 하고 있었다. 솔직히 말하자면 나에게도 보조 문제지가 주어졌지만 아무리 들여다봐도 풀 수가 없었다. 파트너 점수가 참가자 점수에 영향을 미치지는 않는다고 하니 별 상관이야 없겠지. 나도 머리가 나쁜 편은 아닌데, 내가 고사장에서 할 수 있는 일이라고는 가끔 이원이 태블릿 입력 펜을 떨어뜨리면 주워주는 게 전부였다. 바닥이 밝은 색 타일인데 태블릿 펜도 흰색이어서 이원은 한번 펜을 떨어뜨리면 한참을 헤맸고 나는 그걸 잠시 지켜보다가 펜을 주워서 다시 이원의 손에 쥐어주었다.

내가 필요하긴 한 걸까.

일이 없으면 나에게는 공짜로 봉사 시간이 생기는 것이니 좋아해야 했지만 마음이 이상했다. 짜증이라고 해야 할까, 분노라고 해야 할까. 고사장은 조용했고 내 마음은 시끄러웠다.

쉬는 시간에 잠시 나와 자판기에서 음료수를 뽑아 마시고 있는데 목에 걸린 호출기가 울렸다. 나는 일부러 자판기에 표시된 점자 하나하나를 훑어보다가 조금 늦게 들어갔다.

"뭐야. 왜 불러."

"화장실 가려고 불렀다. 넌 필요할 때 없고 그래."

이원이 퉁명스럽게 받아쳤다. 나는 팔을 내밀며 빈정거렸다.

"넌 나 없으면 할 줄 아는 게 없냐?"

일순간, 고사장 안의 공기가 써늘해졌다. 나는 입을 다물었다. '시선'들이 차갑게 나에게 꽂히는 게 느껴졌다. 보이지 않아도 알 수 있었다. 모두가 나를 노려보고 있었다.

그랬지. 여기는… 도움이 필요한 곳이었지.

실수였다.

"넌 내가 아니면 도울 게 없잖냐."

내 팔을 잡고 일어서며 이원이 쾌활하게 말했다. 여기저기서 큭큭 웃음소리가 들렸다. 싸늘하던 분위기가 다시 여름 더위에 녹아내렸다. 나는 안도의 한숨을 내쉬었다.

수도꼭지를 틀며 나는 물었다.

"문제는 풀 만해?"

"그럭저럭. 빡세네."

이원이 손을 씻으며 대답했다.

"왜, 어렵디?"

이원이 치고 나왔다. 나는 우물우물거렸다. 다행이었다. 이원은 지금 내 긴장한 표정까지는 볼 수 없을 테니까. 말할 수 없었다. 풀 수 없는 문제였다고, 그 말이 나오지 않았다. 이원이 손에 묻은 물기를 터는 동안 나는 주먹을 꽉 쥐었다. 나는 내 감정의 정체를 알았다.

열등감이었다.

"뭐야. 어디 갔어?"

숨조차 죽이고 가만히 서 있자 이원이 투덜거렸다. 나는 호출기를 눌렀다. 이원과 내 호출기에서 동시에 삐, 소리가 났다. 이원은 내 쪽으로 몸을 틀고 손을 뻗었다. 아까 자판기 앞에서 미적거리던 것처럼, 나는 한 템포 늦게 손을 내밀었다. 여기 있다고 말을 해도 될 것을 일부러 호출기를 눌러 알리면서, 나는 속으로 말했다. 웃기지 마. 나는 너한테 열등감 같은 거 안 느껴.

너는 나 없으면 아무것도 못 하잖아.

저녁식사 시간이 되었다. 나는 이원의 식판을 대신 받아주고, 이원이 고개를 깊게 숙이고 식사하는 것을 지켜봤다. 이원은 숟가락질 하나, 젓가락질 하나도 느리게 했다. 반찬이 이리저리 흩어지는 것을 보며 나는 아무 행동도 하지 않았다. 그냥 지켜보았다. 다른 애들이 파트너와 이런저런 얘기를 하거나 손짓으로 무언의 수다를 떠는 것을 보면서 일부러 아무 말도 하지 않았다. 이원은 내가 식판을 반납하고 돌아올 때까지 앉아 있었다. 그것을 확인하니 기분이 조금 좋아졌고, 동시에 나 자신이 조금 역겨워졌다.

이딴 봉사 시간 따위. 박차버리고 나갈 수 있으면 좋을 텐데. 아직 대회 종료까지는 하루하고도 반나절이 더 남아 있었다.

그리고 그사이에 두 번의 밤이 있었다.

저녁에는 참가자와 파트너 스케줄이 따로 있었다. 참가자는 배리어프리 영화 감상이었고 파트너는 일정 브리핑이라고 했다. 이원은 대강당으로 들어갔다. 이원의 지팡이가 탁, 탁 소리를 내는 걸 들으며 나는 소강당으로 갔다.

"여러분 중에는 여기 꾸준히 오는 사람도 있고, 이번에 처음 온 사람도 있을 거예요."

앞에 유사라가 앉아 있었다. 나는 다시는 오고 싶지 않을 것 같다는 생각을 하며 안내를 들었다.

내일 오전에는 지난해에 발표했던 공동 연구주제 설명, 그 다음엔 자유 시간, 저녁에는 학력 테스트가 한 번 더 있고 밤에는 레크리에이션이 있다는 말이 이어졌다. 참가자가 캠프파이어를 원하지 않으면 다른 프로그램도 마련되어 있으니 내일 점심까지 정해달라는 전달 사항을 끝으로 안내가 끝났다. 캠프파이어라. 외계인이 캠프파이어를 좋아할까. 나는 모닥불 앞에 서 있는 이원을 그려보려 애썼다. 눈을 모르니 표정을 그리기가 쉽지 않았다. 고글에 모닥불 불빛이 비칠까. 자리에서 일어나는 내 어깨에 누군가의 손이 닿았다.

"강솔 학생?"

"어, 수경 쌤."

수경 쌤은 애들이 다 나갈 때까지 기다렸다가 소강당 문을 닫았다. 가만히 앉아 있는 나에게 수경 쌤이 미소를 지었다.

"발은 괜찮아요? 무리하면 안 될 텐데."

"괜찮아요. 계단도 얼마 없고, 다니기 편해요."

그렇구나, 라며 수경 쌤이 고개를 끄덕였다.

"원이랑 지내는 건 어때요?"

"뭐, 그럭저럭… 요. 시간도 얼마 안 지났고. 별일 없었어요."

내 대답에 수경 쌤은 다행이라며 작게 웃었다.

"잠은요? 둘이 같이 잘 수 있겠어요?"

왜 이렇게 말을 하지. 나는 의문을 담은 눈으로 수경 쌤을 보았다.

"파트너랑 참가자가 같은 방 쓰잖아요? 그게 규칙이라고…"

"그렇긴 한데."

수경 쌤이 한 번 더 문 쪽을 돌아보곤 목소리를 낮췄다.

"원이는, 작년에 좀… 문제가 있었어요."

"흉터가 있어요. 등록증 사진 보면. 고글로 가리는 부분에, 눈 위쪽으로 좀 크게. 원이는 그것 때문에 고글 벗는 걸 굉장히 싫어하는데, 씻거나 할 때는 벗어야 하잖아요. 작년에 파트너가 원이가 세수하는 도중에 화장실 문을 열었나 봐요. 난리가 나서… 파트너는 울고, 원이는 소리 지르고. 물론 파트너 학생이 잘못했어요. 하지만… 협동심도 우리가 중요하게 생각하는 부분이니까."

"흉터요?"

내 물음에 수경 쌤은 잠시 미간을 찡그렸다.

"어차피 원이는 이번이 마지막 참가고, 강솔 학생과는 친해진 것 같으니 말해둘게요. 원이는 고정 파트너가 있었던 적이 없어요. 성격이 유난해서 팀을 짜서 신청한 게 아니라 단독으로 등록하고 파트너 학생이 봉사활동 신청을 하면 페어가 되는 식이었어요. 아마 고정 파트너가 있었다면 그 학생도 알게 되었을 얘기고 하니, 진지하게 들어줘요."

수경 쌤의 말에 나는 고개를 끄덕였다.

"원이는 자동차 사고로 가족을 잃었어요. 시력의 대부분도요. 누리과정 이전 일이고, 그 후로 보호시설에서 자랐어요. 사람이 극한 환경에 몰리다 보면 어쩔 수 없이, 자신을 방어하기 위해 생기는 증상들이 있어요."

수경 쌤은 관자놀이를 문지르며, 말했다.

"허언증이라든지."

내년엔 기관 추천으로 해외에 간다고, 그래서 올해가 한국에서 보내는 마지막 해고 원이의 마지막 캠프라고, 수경 쌤은 말했다. 어차피 고정 파트너였다면 알게 되었을 거란 말을 다시 한 번 되풀이하며. 조용히 가라앉은 나를 보고 수경 쌤은 힘없이 웃었다.

"받아들이기 힘들 거라는 거 알아요. 하지만…"

"아뇨, 그게 아니라."

나는 입을 열어 말하고 있었지만 목소리가 나오지 않았다. 그건 원이의 사생활 아닌가요. 아무리 친한 사이가 되었다고 해도 밝히기 싫은 건 밝히지 않을 권리가 있지 않을까요. 서류에 새겨진 기록이라고 해도. 지금 선생님이 하시는 말씀은, 꼭…

불쌍하니까, 눈감아달라는 이야기로 들리는데요.

나는 그 말을 하지 못했다. 일부러 발신기를 누르던 내 모습이. 한 박자 늦게 손을 내뻗던 내 모습이. 반찬을 흘리는 걸 그냥 보기만 하던 내 모습이. 원이는 보지 못했을 나의 작은 행동들이. 머릿속에 사진처럼 선명하게 되새겨져서.

수경 쌤은 내 말을 기다리고 있었다.

나는 거짓말을 지어내야 했다.

"그, 인터넷으로 검색해봤는데, 시그널이 쓰는 반향정위라는 게, 제 핸드폰이나 그런 거에 문제라도 일으키면 어쩌나 해서요… 저 핸드폰 바꾼 지 얼마 안 돼서."

수경 쌤은 아까보다 훨씬 환하게 웃었다.

"아. 괜찮아요. 원이도 핸드폰 쓰거든요. 시그널이 쓰는 고주파수는 그쪽엔 영향을 안 주게 처리한대요."

나는 안심했다는 것처럼 마주 웃었다.

"그럼 같은 방 쓰는 걸로 알게요."

나와 이원은 숙소로 돌아왔다. 여름밤이라 풀벌레들이 찌르르 울었다. 엘리베이터를 타고 내려 숙소 앞에 카드키를 댔다. 붉은빛이 깜박거리며 '문이 열렸습니다' 소리가 났다. 이원이 지팡이로 문을 톡, 건드렸다. 나는 말없이 문손잡이를 잡아당겼다. 이원은 들어가지 않고 가만히 서 있었다.

"안 들어가?"

내가 먼저 말을 꺼내자 이원은 손으로 뺨을 긁었다.

"강솔 너 아까부터 조용하다."

"뭐래."

나는 침착을 가장하며 대답했다.

"별거 아니면 됐어. 불 켜고 안에 구조 설명 좀 해줘."

나는 원이를 앞세우고 방에 들어갔다. 벽을 짚고 선 원이에게 방 안의 사물을 하나하나 일러주었다. 앞으로 두 발자국 가서 세 시 방향에 화장실 문, 앞으로 여섯 발자국 가면 세 시 방향에 네 침대 있어. 나는 아홉 시 방향 거 쓸게. 네 짐은 침대 발쪽에 벽 붙여서 두면 되지? 짧은 시간 동안 이원과 대화하는 데 익숙해지고 있었다. 이원은 직접 걸어가서 사물들을 손으로 짚어보더니 고개를 끄덕거렸다.

"어디 있는지 알겠다."

"…다행이네."

내 혼잣말에 이원이 고개를 들어 내 쪽을 향했다. 내 눈을 들여다보는 것처럼. 나는 주춤 한 발자국 뒤로 물러섰다. 이원은 가만히 있다가 다시 고개를 숙였다. 교대로 샤워를 하고, 이원이 자리에 눕는 것을 확인하고 불을 껐다.

내가 누울 때까지 이원은 고글을 쓴 채였다.

나는 이원과 반대쪽 벽을 보고 누워 눈을 깜박였다.

'허언증'

그 단어가 머릿속에 맴돌았다.

이 감정은 뭐지.

아쉬움? 다행스러움? 여러 가지 색깔의 감정이 치솟았다 가라앉았다. 거칠고 날카로운 감정들은 이원과 서로 빈정거릴 때는 오히려 들지 않던 것들이었다. 그때는 온 힘을 다해 이원에게 지지 않겠다는 생각만 가득했다. 하지만 지금은 이원을 향해 돌아누울 수조차 없었다.

반향정위라는 건 초음파를 일종의 손처럼 사용하는 거라고 했다. 대략적인 크기와 위치부터 섬세하게는 재질과 굴곡까지 측정할 수 있다고. 눈이 아니라 손이었다. 결국 그 반향정위조차 이원에게 눈이 될 수 없었다.

하지만 내가 이런 생각을 한다고 해서, 이원이 처음 만났을 때의 건방진 애와 다른 애가 되는 것도 아닌데. 왜 자꾸 불쌍하다는 생각이 들지. 허언증이라는 말을 들어서. 가족을 잃었다는 말을 들어서. 이원이 나랑 다를 바 없는 그저 그런 애라는 말을 들어서. 그럴 수 있지. 불쌍한 이야기를 들으면 사람은 불쌍하다는 감정을 느끼는 거지.

그런데 왜 나는 이 불쌍하다는 감정이, 역겹게 느껴질까.

이원의 낮고 규칙적인 숨소리를 들으면서 나는 한 번도 이원 쪽으로 몸을 돌리지 않았다.

내가 일어났을 때 이원은 이미 세수를 끝낸 뒤였다. 감도를 맞춘다며 손목에 찬 장치를 이리저리 돌리는 모습을 보다 나는 화장실에 들어갔다. 여기저기 비누거품이 남아 있었다. 샤워기를 틀어 화장실에 남은 거품을 씻어냈다. 세면대 옆에 호출기가 떨어져 있어 집어 들었다.

"너 이거."

별 생각 없이 나는 이원의 침대에 호출기를 던졌다. 이불 위에 떨어진 호출기는 아무 소리도 내지 않았다. 이원은 내 쪽으로 몸을 돌렸다.

"방금 뭐 한 거야?"

"아. 네 호출기… 욕실에 떨어져 있었는데 방금 침대 위로 내가 던졌어. 미안."

"그럼 그렇게 말을 하지. 몇 시 방향?"

나는 대답하는 대신 호출기를 주워 이원의 손 위에 올려놓았다.

"……"

이원은 호출기를 받아 잠자코 목에 걸더니, 작게 한숨을 쉬었다.

"아침 먹으러 가자."

우리 둘은 숙소를 나왔다. 하루 좀 걸어 다녔다고 발에 무리가 갔는지 발등이 살짝 욱신거렸다.

카드키는 이원에게 줬다. 어차피 붙어 다녀야 되잖아. 그렇게 말하며 카드키를 손에 얹어줄 때도 이원은 미묘한 표정을 지었다. 식사를 마치고 다시 학력 테스트를 치렀다. 이원이 문제를 푸는 동안 나는 참가자들 옆의 도우미를 보았다. 제각각이었다. 가만히 있는 애, 엎드려 자는 애, 문제지를 들여다보는 애.
이원은 테스트를 끝내고 점심을 먹으면서도 별 말을 걸지 않았
다. 나에게 뭔가 물으려 하지도 않았다. 웬만한 일은 지팡이를
뻗어 탁탁 두들겨보고, 손목에 찬 팔찌로 시그널을 조절하며 해
결했다. 나도 말을 많이 하지 않았다. 여덟 시 방향에 밥, 열 시
방향에 소시지. 열두 시 방향에 계란말이. 반찬 위치를 알려주
는 말이 고작이었다.

　점심식사를 하고 식당을 나가기 직전, 캠프파이어 참석 여부
를 결정하라던 말이 생각나 이원에게 물었다.

　"저녁 먹고 캠프파이어 있다는데, 넌 어떡할 거야?"

　이원은 무심하게 대답했다.

　"안 갈래. 불은 만질 수가 없어서 별로야."

　나는 고개를 끄덕이다가 다시 소리를 내어 대답했다. 알았
어. 이원은 태블릿을 켜고 음성으로 조작했다. 일정 알려줘. 태
블릿도 음성으로 대답했다. 오후 자유시간 및 연구주제 작성.
이원이 음성을 끄고 문 쪽으로 지팡이를 뻗었다. 열려 있는 것
을 확인하고 나가는 이원의 뒤에서 내가 물었다.

　"연구주제 작성, 어떻게 해?"

　이원은 내 쪽으로 몸을 돌렸다. 슬쩍 입꼬리를 올리는 것처
럼 보였다. 이원 특유의 비아냥거리는 듯한 목소리가 날아왔다.

　"내가 하자는 거 할 거야?"

　"어… 응."

내가 대답하자 이원은 손을 내밀었다.

"가고 싶은 데가 있어. 거기 가서 얘기하자."

이원이 '가고 싶다'고 한 곳은 뜻밖에도 연수원 내의 생태모형관이었다. 실험동으로 가자고 해서 무슨 이상한 걸 보러 가나 했더니. 엘리베이터를 타고 올라가 숙소 카드키를 대자 문이 삑, 소리를 내며 열렸다.

"여긴 숙소 카드키로 대충 다 열려."

모형관에는 동물 박제들이 전시되어 있었다. 구시대의 유물이었다. 이원은 시각장애인 안내 모듈을 하나 집어 들더니 능숙하게 조작하며 앞으로 혼자 걸어갔다. 모듈은 이원의 위치를 파악해서 걸음 수와 주변 전시물들의 방향을 안내해주었다. 나는 이원의 뒤를 따라갔다.

"실험동이라 핸드폰이 거의 안 터져. 시그널 사용에는 별 문제가 없긴 해."

이원이 걸어가 선 곳은 고래 모형 앞이었다.

"고래?"

"응. 나 고래 좋아해."

"왜?"

이원은 고래 쪽으로 몸을 향한 채, 나에게 등을 돌리고 대답했다.

"고래 중에는 초음파로 통신하는 애들이 있거든. 그게 마음에 들어."

얼핏 배운 기억이 난다. 인간이 듣지 못하는 초음파로 의사소통을 한다고. 아마 그건 이원이 시그널을 손처럼 다루는 것과는 전혀 다른 방법이겠지만, 사용하는 도구가 같다는 것만으로도 어느 정도 동질감을 느낄 수 있는 건가.

이원이 나를 보지 않고 말했다.

"너, 어제 무슨 얘기 들었어?"

내가 아무 대답도 하지 않자 이원은 키득키득 웃었다.

"눈이 별로 안 좋으면 여러 가지에 민감해져. 피부에 닿는 시선이나 목소리 톤 같은 거. 말투도 마찬가지고. 너, 어제 나랑 만나자마자 엄청 싸웠지? 솔직히 나 그거 되게 맘에 들었다? 나한테 안 지려고 난리 치는 거."

이원은 탁, 지팡이로 바닥을 내리찍었다.

"그런데 저녁 이후부터는 아니더라."

톡. 톡. 톡. 이원은 가볍게 바닥을 치며 말을 이었다.

"나 그런 거에 민감하고 익숙해. 쟤는 불쌍한 애구나. 도와줘야지. 눈감아줘야지. 버릇없이 굴어도 다들 그러려니 해주고. 점심까지만 해도 나랑 죽을 듯이 싸워대던 애가 갑자기 나한테 친절해지고 조용해졌다는 건, 뭔가 들었다는 거겠지."

"야. 그게…"

"아. 괜찮아. 신경 안 써. 누가 뭐라고 했든. 말하는 사람들은 다 나를 생각해서 해주는 말이니까."

나는 그때 그 말을 하지 않았어야 했다.

"그냥… 나는, 네가, 그런 거짓말 안 해도 괜찮다는 걸 말하고 싶어서."

이원의 손이 멈췄다.

"거짓말?"

내가 무어라 설명하기도 전에 이원이 아, 하고 빈정거렸다.

"사고? 흉터? 아. 뭐. 그럴 수도 있지. 그런데 너도 내가 말한 것보다 다른 사람이 말하는 걸 더 믿는구나."

"수경 쌤이 말한 게 사실이겠지. 수경 쌤이 나한테 거짓말을 왜 하는데?"

이원이 몸을 돌려 내 쪽으로 얼굴을 향했다.

"난 수경 쌤이 거짓말했다고 한 적 없어. 그건 사람들이 믿게 하려고 우리가 만들고 국가에 등록한 설정이니까. 니가 외계인 이면 다른 사람들하고 섞여 살려고 그럴듯한 설정 하나 지어내 는 게 빠르겠냐, 외계인을 받아들이게 하는 게 빠르겠냐? 그런 데 너, 지금 하나 착각한다."

이원이 내 쪽으로 발을 내딛을 듯하다 멈춰 서며 말했다.

"나는 너한테, 강솔이라는 개인한테, 일대일로까지 거짓말을 할 이유가 없어."

말문이 막혔다.

"뭐, 그렇지. 네가 수경 쌤 말을 내 말보다 더 잘 믿는 이유야 알아. 수경 쌤은 비장애인이고 나는 장애인이니까. 그리고 너는 비장애인이니까."

이원은 다시 몸을 돌려 나에게 등을 보였다.

"그럼 어차피 네가 믿지도 않을 얘기지만, 내가 뭘 만들고 싶은지 얘기할게. 내가 만들고 싶은 건 고래들의 말을 통역하는 장치야. 고래 종류별로 사용하는 특정 주파수를 수집한 다음 유형별로 분석해서… 뭐, 그런 거."

"왜 그런 게 만들고 싶은데?"

나는 이원의 등에 대고 물었다.

"내가 다시 지구로 오면 우리는 인류와 대화하지 않을 거야. 인류가 우리에게 얼마나 적대적인지 충분히 봤거든. 우리는 고래들과 대화할 거야. 고래들은 똑똑하고 상냥해. 자기를 죽이려 드는 인간을 구해주기도 하고."

"…그래."

믿는다, 안 믿는다를 말해봤자 이미 늦었다는 생각이 들었다. 이원은 나에게 마음을 닫아버렸다. 한편으로는 짜증이 났다. 내가 왜 이원의 말에 따라야 하는지, 왜 이런 비난을 듣고 나서도 이원과 같이 다녀야 하는지. 나는 태블릿으로 연구주제 작

성 양식을 불러왔다. 맨 위에는 연구주제 제목을 쓰는 부분이
있었고 그 아래에 참가자와 파트너의 이름을 입력하는 부분이
있었다.

"연구주제 제목 정해야 되는데."

이원은 여전히 나를 보지 않았다.

"넌 바쁘신 몸이잖아. 그것까지 신경 안 쓰셔도 돼."

끝끝내 나를 나쁜 쪽으로 몰아가는 것 같아서 나는 입을 열
었다.

이번에는 분명한 악의를 담아 말했다.

"너 정말 삐뚤어졌다."

이원은 아무 대답도 하지 않았다.

안내 모듈을 반납하고, 이원은 벽에 붙어 난간을 잡고 걸었
다. 지팡이가 앞을 더듬는 소리가 규칙적으로 이어졌다. 느린
걸음이었지만 내 도움을 원하지 않는다는 게 너무나 확고해서
나는 오히려 먼저 달려나가고 싶었다. 꾹 참고 실험동 입구까지
왔을 때 이원이 핸드폰을 꺼내 음성 시계를 불러왔다. 세 시 오
십사 분입니다.

"저녁식사 여섯 시지? 시간 많네. 난 영화 보러 갈래. 넌 뭐
할래?"

"어, 글쎄…"

갑자기 태평하게 바뀐 이원의 목소리에 나는 주춤거렸다.

"비장애인용 시청각실도 있으니까 너도 영화 보든지. 숙소 키 나한테 있던가?"

이원은 주머니를 뒤지더니 숙소 카드키를 꺼냈다.

"이거 내가 갖고 있다."

"……."

내가 말없이 보기만 하자 이원이 웃었다.

"서너 시간 방치한다고 봉사 시간 안 주는 거 아니니까, 친한 척은 적당히 하자."

밀어내는 건지, 풀어진 건지. 알 수 없었다.

이원은 볕이 잘 드는 곳을 골라 천천히 걷기 시작했다. 흰 지팡이에 여름 햇빛이 부서졌다. 나는 태블릿을 꺼내 전원을 켰다. 연구주제 양식이 텅 빈 칸들을 담고 떠올랐다. 내가 이러려고 여기 왔나. 자괴감이 들었다. 다시 고개를 들 때까지 이원은 내 시야에서 사라지지도 못하고 있었다. 느리고, 느렸다. 누군가 쟤를 도와주겠지. 여기는 나 아니더라도 봉사자들 천지니까. 나는 이원을 머릿속에서 지우려 고개를 흔들었다.

그리고 저녁이 되었다.

시청각실에서 영화 두 편을 내리 볼 동안 이원에게서는 아무 연락도 없었다. 이원이 어디로 갔을지도 확실하지 않아서 나는 혼자 식당으로 향했다. 밥 먹고 싶으면 지가 연락을 하겠지. 나는 투덜거렸다. 혹시나 싶어 전화를 걸어보았지만 신호음만 갈

뿐 받지도 않았다. 문자라도 보낼까, 하다가 나는 그냥 혼자 밥을 먹기로 했다.

캠프파이어 시간에는 뭐 하려나.

나는 뭐 하지.

이리저리 서성이는데 누군가 내 눈앞에 손을 흔들었다.

주춤, 혹시라도 이원일까 싶어 뒤를 돌아보니 유사라가 있었다.

"안녕."

나는 어색하게 인사했다. 차민정이 무어라 수어를 하자 유사라가 말했다.

"아까 이원 봤는데, 이원이 너한테 말 좀 전해달라는데."

내 표정이 찡그려졌는지 유사라와 차민정이 수어로 무언가 주고받았다.

"뭔데."

미안하다는 말일까, 잠시 기대했다.

"호출기 좀 가져다달래."

"뭐?"

유사라의 말에 내가 언성을 높이자 둘이 한 발짝 뒤로 물러섰다. 나는 곧바로 후회했다. 얘네한테까지 그럴 필요는 없는데. 나는 얼굴을 한 번 쓸어내렸다. 유사라가 다시 말했다.

"너네 아까 실험동에 있었지? 이원이 자기 호출기 실험동에 놓고 온 거 같은데 길 못 찾겠다고 가져다달래. 말하면 알 거라고 했는데, 너 실험동 어딘지 알아?"

"잘 기억 안 나는데."

"그럼 우리랑 같이 가. 아직 캠프파이어 전까지 시간 있잖아."

생글생글 웃는 유사라에게 나는 캠프파이어 안 간다는 말도 못 하고 떨떠름하게 고개를 끄덕였다.

차민정과 유사라는 앞서 걸으며 무어라 손짓을 했다. 나는 둘의 손짓을 보며 노을이 지는 길을 터벅터벅 걸었다. 쟤넨 사이가 좋네. 쟤네는 서로한테 거짓말 같은 거 안 하겠지.

엘리베이터에서 내리자 복도는 이미 어두워져 있었다. 차민정이 복도 옆에서 비상용 손전등을 꺼냈다. 손전등 불빛으로 앞을 비추며 걷다가 유사라가 내 쪽으로 다가왔다.

"이원하고 싸웠어?"

나는 한숨을 쉬었다.

"잘 모르겠어. 싸운 건지."

"이원 성격 안 좋지. 나랑 민정이도 걔 싫어해."

유사라가 말하고 깔깔 웃었다. 나도 힘없이 따라 웃었다.

"아, 여기다. 저기 안에 호출기 있네."

명랑한 유사라의 목소리에 나는 앞을 보았다. 열린 문 안으로 책상에 놓여 있는 호출기가 어슴푸레하게 보였다. 나는 안으로 들어갔다. 이런 건 왜 빠뜨리고 다녀. 얼굴을 찡그리며 호출기를 집어 드는데 끼이이, 문이 닫히는 소리가 들렸다. 고개를 돌리자 반쯤 닫힌 문밖에 유사라와 차민정이 호기심 어린 얼굴로 나를 보고 있었다. 나는 호출기를 주머니에 집어넣고 문 쪽으로 향했다. 유사라가 멈추라는 손짓을 했다. 내가 선 채로 의아해하자 유사라가 말했다.

"아, 할 얘기가 있는데 깜빡했다."

경쾌한 목소리.

"뭔데?"

어쩐지 불길한 예감이 들었다.

"나랑 민정이는, 이원 친구도 완전 싫어해."

쾅.

문이 닫혔다. 삐리릭. 문 잠기는 소리. 그리고 문 앞으로 무언가 무거운 걸 끌고 오는 소리.

"알아서 열고 나와!"

까르르륵, 복도에 웃음소리와 달려가는 발소리가 울렸다.

아, 짜증나……. 나는 맥이 풀려 주저앉았다. 장난 되게 정성스럽게 치네. 아까 그 소리는 뭐야. 의자라도 밀어다 막았나. 나는 지끈거리는 머리를 감싸며 일어나 문손잡이를 밀었다. 조금 열린 문틈으로 보니 역시나, 앞에 무언가 막혀 있었다. 미치겠네. 이거라면 문 틈새로 발 써서 밀어내면 치울 수 있긴 한데.

……

그런데 나, 지금 발로 뭘 밀어낼 수가 없잖아.

다쳤으니까.

나는 다시 주저앉았다.

"엿 제대로 먹었네……."

나는 허탈하게 중얼거리며 주머니에서 핸드폰을 꺼냈다. 이원에게 문자라도 보내면 어떻게 되겠지. 핸드폰 화면을 켠 나는 눈을 깜박거렸다. 배터리가 채 절반도 남아 있지 않았다. 게다가 안테나는 하나밖에 뜨지 않았다. 뭐야, 왜 이래? 두 번이나 핸드폰을 껐다 켰지만 그대로였다. 당황하는 내 머릿속으로 이원의 말이 울렸다.

실험동이라 핸드폰이 거의 안 터져.

정말, 제대로 엿 먹었구나.

설상가상으로 실험동 내부 전원을 전부 내렸는지, 벽에 있는 스위치를 닥치는 대로 눌러봐도 전등 하나조차 켜지지 않았다. 어떻게 해야 하지.

멍청한 강솔.

유사라가 "이원 친구도 싫어해"라고 했을 때 솔직히 당황스러웠다. 내가 이원이랑 친구라니. 그런데 그렇게 보였을 수도 있겠구나. 나랑 이원은 계속 붙어 있었으니까. 유사라랑 차민정은 친구니까, 나랑 이원이 친구로 보였을 수도 있겠구나. 나는 한 번도 그렇게 생각한 적 없는데. 이원은 앞이 안 보이니까. 그러니까, 비장애인인 내가, 장애인인 이원이랑 친구로 보일 수 있을 거라는 생각은, 정작 나는 못 했는데.

그것보다, 나… 밤새 여기 있어야 하나?

왈칵, 두려움이 밀려왔다.

핸드폰 배터리는 이제 바닥을 보이고 있었다. 안테나는 여전히 한 칸. 창문을 열면 전파가 통할지도 몰라. 나는 바닥을 기다시피 해서 창문 쪽으로 다가갔다. 창문까지 가는 사이에 몸이 책상이며 의자에 부딪혔다. 창틀로 기어 올라가다시피 해 창문을 열었다. 반만 열리는 안전창문이었다. 옆으로 겨우 절반, 머리와 어깨가 간신히 빠져나갈 정도였다. 한쪽 손으로 핸드폰을 쥐고 쭉 뻗으니 안테나가 두 칸으로 늘어났다. 됐어. 이제 전화는 걸 수 있겠다. 나는 손을 쭉 뺀 채 더듬더듬 최근 통화목록을 불러오고 굳어버렸다. 여기에서 나에게 도움을 줄 수 있는 건 이원뿐이었다. 안내지에 수경 쌤이나 본부 전화번호가 적혀 있었지만 안내지는 방에 있었다. 그리고 맨 위에 떠 있는 이원과의 통화 기록은, 이원이 내 전화를 받지 않은 기록이었다.

만약, 내가 도움을 청했을 때 이원이 모른 척하면 어떻게 되는 거지?

어떡하지?

그때, 기적처럼 핸드폰이 울렸다. 하마터면 진동 때문에 핸드폰을 떨어뜨릴 뻔했다.

이원이었다.

다시 팔을 거둬들이면 전화가 끊어질지도 모른다는 생각에 필사적으로 통화 아이콘을 터치했다. 스피커폰으로 돌리자마자 이원의 목소리가 쩌렁쩌렁하게 울렸다.

"강솔 너 어딨냐! 멍청아!"

"어……."

왈칵, 눈물이 났다. 흐어어어어엉. 소리 내어 우는 게 핸드폰 너머에도 닿았는지 이원의 목소리가 흔들렸다.

"야, 너 어디 아프냐? 왜 울어? 너 어디야?"

"나, 나 여기… 실험동…"

"실험동인 건 알아! 왜 거기 있어?"

"너, 너 호출기 잃어버렸다고… 유사라가…"

이원이 한숨을 쉬는 소리가 이쪽까지 들렸다.

"유사라를 믿냐! 내가 도움이 필요하면 너한테 말하지, 유사라한테 말하겠냐고!"

"내가 그걸 어떻게 알아!"

나는 팔이 아픈 것도 잊고 소리를 쳤다.

"발은 아프고, 걔네는 도망가고, 네가 부탁을 누구한테 하는지 내가 어떻게 알아!"

"그래서 뭐, 아, 밖에 캠프파이어 때문에 시끄러워서 안 들려! 나한테 지금 무슨 말을 하고 싶은 건데!"

이런 것까지 내가 말을 해야 하나. 나는 있는 힘을 다해 소리를 질렀다.

"도와달라고! 여기 실험동 302호야!"

내가 무슨 말을 한 건지.

앞도 제대로 못 보는 애한테 도움을 청하다니. 제정신인지. 아무리 나를 도울 상대가 이원뿐이라고 해도, 이게 말이나 되는 상황인가. 힘이 빠져서 핸드폰을 놓칠 것 같았다. 다시 울음이 밀려나왔다. 울어버리려던 찰나, 침착해진 이원의 목소리가 전화 너머로 들렸다.

"알았어. 금방 갈게. 나도 실험동 다 왔어. 3층이랬지? 창밖으로 뭐라도 내밀고 있어."

"네가 어떻게 오려고…"

"반향정위. 믿어봐."

그리고 전화가 끊겼다.

핸드폰 배터리가 바닥났다.

대체 어떻게 하려는 거지. 나는 팔을 거두어들이고 핸드폰을 주머니에 넣었다. 어깨와 팔이 찌릿찌릿하게 아팠다. 창밖으로 뭘 내밀고 있으라고? 지금 내밀 수 있는 건 내 팔밖에 없는데, 팔이라도 내밀고 있으라는 건가?

하지만 내가 믿을 수 있는 건 이원의 "금방 갈게"라는 한마디밖에 없었다.

그래서 나는, 바보같이 눈물 콧물을 질질 흘리면서, 양팔을 창문 너머로 최대한 쭉 뻗었다.

얼마나 시간이 흘렀을까.

5분, 10분? 핸드폰이 꺼지자 시간이 얼마나 갔는지도 알 수 없었다. 어떻게든 이원이 찾아오리라 믿는 수밖에 없었다. 정말 반향정위로 나를 찾아내려고 이원이 애쓰고 있다면 내가 할 수 있는 일은 시그널이 쏘아내는 고주파수가 내 손을 찾을 수 있게 해야 하니까. 핸드폰조차 꺼진 지금, 이 덥고 깜깜한 곳에서 구원이라는 게 그것뿐이라니.

밤은 시야를 좁게 하고, 이원은 달릴 수도 없는데, 정말 여기로 올 수 있을까.

그래도 나는 기다려야 했다.

아. 더는 못 버텨.

팔 떨어져 나갈 거 같아.

그렇게 생각하며 양팔을 거두어들이려 할 때.

"강솔!"

구원이 도착했다.

저 아래에서 이원이 내 이름을 부르고 있었다.

"확인했다. 그러면… 눈 감아!"

무슨 말인지도 모른 채, 나는 이원의 말을 따라 눈을 꼭 감았다.

감은 눈 안에서 선명하게 빛이 터졌다. 빛의 잔상이 일렁였다.

"이제 눈 떠."

어쩐지 아까보다 목소리가 가까워진 것 같은데. 눈을 뜬 순간 나는 내 앞에 보이는 광경을 의심했다.

3층 창문 앞에 이원이 떠 있었다.

"아, 창문 이거 안 열리네. 너 뒤로 좀 가라."

"야, 너 지금 뭐, 뭐 하는 건데?"

"시끄러우니까 일단 뒤로 가라고!"

내가 뒤로 물러서자, 다시 한 번 빛이 터졌다.

빛이 사라진 뒤, 어둠 속에 서 있는 이원이 보였다.

조심스레 눈을 떠보니 창문이 있던 자리가 텅 비어 있었다. 밖으로 열려야 할 창문이 안전걸쇠가 잘려 방 안쪽에 둥둥 떠 있었다. 이원이 손으로 창틀을 더듬으며 몸을 들이밀자 나는 허겁지겁 이원을 잡아 끌어당기면서도 허공에 뜬 창문에서 눈을 뗄 수 없었다. 어두운 방 안에서도 그것만은 또렷하게 보였다.

"아, 머리 울려… 시그널 최대로 올리고 오다가 기절하는 줄 알았다."

창 아래 주저앉은 이원의 얼굴이 하얗게 질린 것처럼 보여 나는 창문 끄트머리를 양손으로 잡았다. 이원이 잠시 얼굴을 들었다가 고개를 끄덕이자 창문이 내 품 안으로 내려앉는 무게가 느껴졌다.

이원이 목덜미를 주무르며 물었다.

"창문 아예 뜯겼어? 뭐가 있어서 잘라버리긴 했는데."

"응, 깨지진 않았어…"

내가 멍하니 대답하자 이원은 길게 한숨을 내쉬었다.

"아. 잡아줘서 고맙다. 나가서 닫는 걸로 커버 칠 수 있겠네."

나는 이원의 말을 들으며 급히 상황을 정리했다.

그러니까 지금, 반향정위로 날 찾고, 3층까지 날아왔⋯어? 그리고 안전걸쇠를⋯ 잘랐어? 어떻게? 뭘로? 그리고 나가서 닫는다고? 저기로 나가겠다고?

"창문으로 나간다고?"

"문으로 못 나가서 나 부른 거 아니었어?"

아. 그랬지. 그렇긴 한데⋯

"여기, 3층인데⋯ 너, 아까, 번쩍하고⋯"

더듬거리는 내 질문에 이원이 바닥에 드러누우며 대답했다.

"말했잖아. 외계인이라고⋯ 지구인에게 납치당하지 않으려면 필살기 하나는 있어야지⋯⋯."

어쩐지 그 말을 납득할 수 있었다. 너무 어이없는 상황에 상식이라는 필터가 멈춰버린 탓도 있겠지만. 남들이 보기엔 그냥 시각장애인 여자애니까 잡혀갈 수도 있고, 끌려갈 수도 있다. 그러니까 지구인에게 잡히지 않을 만한 필살기 하나는 있어야 여태까지 어디론가 사라지지 않고 외계인으로 지낼 수 있었을 거다. 내가 고개를 끄덕이는 사이 이원이 비틀대며 일어섰다.

"여기 있지 말고, 나가자. 업혀."

끄덕끄덕거리다 나는 곧 정신을 차리고 이원의 팔을 손가락으로 톡톡 쳐 알았다는 대답을 했다. 나는 이원의 등에 업혔다.

"야, 나가면 네가 길 찾아라. 나 머리 아파 기절할 거 같다."

실험동 밖, 허공에 뜬 채로 나는 조심스레 창문을 제자리에

끼웠다. 원래 밖에서는 열리지 않는 창문이니 안에서 누군가 열기 전까지는 걸쇠가 잘린 걸 눈치채지 못할 터라 다행이었다.

원이 숨을 천천히 내쉬자, 바람에 나뭇잎이 떨어지듯 부드럽게 땅으로 우리는 내려앉았다.

실험동에서 숙소까지 긴 길을 걸으며 나는 이원에게 물었다.

"호출기는 어떻게 된 거야?"

"영화 볼 때 줄 걸려서 풀어놨는데, 그때 몰래 가져갔나 봐. 헤드폰 쓰고 있어서 몰랐어. 나중에야 알았는데 그거 가져가서 뭐 하나 했지. 이런 데 쓰는구만."

나는 비틀거리는 이원이 잡기 좋게 팔꿈치에 힘을 주었다.

걸으면서 나는 계속 이원에게 질문을 던졌다. 어색한 밤의 침묵을 깨기 위해. 혹시라도 내 입에서 고맙다는 말이 나올까 봐. 내 속마음이 들리지 않게. 정말로 고마워서 다시 엉엉 울고 싶었지만 따지고 보면 이건 다 이원 때문인데 고맙다고 말하고 싶지 않았다. 바보 같은 자존심.

"걸쇠… 어떻게 자른 거야?"

"초음파 커터. 그것도 필살기. 미세하게 조정해야 해서 엄청 힘들어."

"초음파로 다 해결하는 거야? 날아다니는 것도?"

"내가 숨도 초음파로 쉰다고 하지 그러냐… 날아다니는 건 나도 자세히 몰라. 종족 특성이야."

"진짜 외계인이구나."

"빨리도 믿는다."

숙소 앞은 조용했다.

"야, 좀 숨어 있을까?"

이원의 말에 나는 뜨악한 표정을 지었다.

"왜?"

"너 가둔 애들이 캠프파이어 보고 오다 놀라 자빠지라고."

"그거 재밌겠네. 콜."

나뭇잎 사이에 몸을 숨기고 쭈그려 앉아 우리는 이야기를 나누었다.

어깨와 어깨가 맞붙어 있어 말할 때마다 진동이 느껴졌다.

"애들이 좀 멍청했어. 내가 반향정위 달고 다니는 걸 알면 고주파 실험실에 가뒀어야지 혼선되게."

"끔찍한 소리 하지 마."

그런데 정말 고주파 실험실에 갇혔으면 날 못 찾아냈을까? 아니, 이원이 나를 찾으려고 생각한 게 더 신기했다. 냉정하게 생각해보면 애들이 내가 못 나온다는 걸 알아채면 누군가를 부를 텐데. 이원은 어떻게 알고 굳이 날 구하러 온 걸까.

"문자가 왔었어."

"뭐라고 왔어?"

이원은 핸드폰을 꺼내더니 문자 내역을 불러왔다. 경쾌한 목소리가 흘러나왔다. 수신된 메시지입니다. 네 파트너 아직 안 나왔어? 이원이 다음 문자를 불러왔다. 미안해. 네 파트너 실험동에 있어.

"기가 막혀서 문자 온 번호로 전화 걸었는데 내 전화 안 받더라고. 누가 보냈는지도 모르는데 나보고 어쩌라는 건지. 네가 전화로 말해줘서 걔네 둘인 거 알았다."

"하하…"

힘없이 웃는 내 어깨를 이원이 툭, 쳤다.

"말할 거야? 수경 쌤이나, 다른 사람들한테."

"글쎄. 그러려면 네가 외계인인 것까지 밝혀야 할 것 같은데."

"으음. 아무래도 그건 좀 곤란해서."

"그래서 지금 내가 너 때문에 감금당한 걸 그냥 넘어가달라는 거야?"

조금은 풀어진 내 말투에 이원이 목덜미를 주무르며 대답했다.

"화를 낼 거면 나한테 내. 나는… 걔네가 왜 날 싫어하는지 이해하니까."

나는 여기서 다른 사람들에게 굽히고 살 필요가 없어. 지구를 떠나면 그만이잖아. 내가 살던 별에는 앞을 못 본다고 불쌍해하거나 하찮게 여기는 사람이 없어. 시각이 없는 게 정상이니까.

그런데 차민정은, 그냥 여기서 타협하며 살아야 되잖아. 캠프가 끝나면 비장애인들 득시글거리는 배려 없는 세상으로 돌아가는 거잖아. 그런 생각하면, 내가 뻔뻔하게 구는 것만 봐도 엿 먹이고 싶은 거 이해는 해. 잘했다는 건 당연히 아니지만.

좀 숙연해지려던 찰나에 이원이 덧붙였다.

"날 못 가둔 것도 그런 거야. 난 갇히면 혼자 힘으로는 절대 못 나와. 그런데 넌 보이고 들리니까, 어떻게든 빠져나올 거라고 생각했나 보지. 네가 다리를 다친 건 걔네는 당연히 몰랐을 거고."

어둠에 눈이 익으니 이원의 반팔과 반바지 아래로 드러난 상처들이 보였다. 무릎도 까져 있었다. 넘어졌구나.

"날아서 오지, 왜 실험동까지 걸어왔어?"

"미쳤냐? 들키면 어쩌라고."

"그러네… 너 다쳤다. 안 아파?"

"아파. 들어가면 약 발라줘."

아무리 조심해도 나뭇가지나 그런 걸 다 볼 수가 없으니까 잔뜩 긁히네, 이원이 혀를 찼다. "안 보이게 내일은 긴팔이랑 긴바지 입어야겠다."

그 말은 아마 배려였을 거다. 상황을 골치 아프게 만들지 않으려는 배려. 적어도 이 장난이 누군가를 다치게 하진 않았을 거라는 순진한 믿음을 배반하지 않으려는 배려.

"망했다. 연구주제 발표 준비할 시간 하나도 없네."

이원의 한숨소리가 들렸다.

"개요는 아까 잡아놨잖아."

"그거 농담이었는데."

"난 괜찮은 거 같은데?"

이원이 내 쪽으로 고개를 돌렸다.

"진심이야?"

"응."

내 확신 어린 대답에 이원이 깔깔 웃었다.

"좋네. 그러면 주파수 분석만 하지 말고 드론에다 고주파 발생기를 달아버리면 어떨까? 돌고래용 챗봇 같은 거야. 여기저기 흩어진 돌고래들한테 라디오 방송을 해주는 거지. 이쪽 소식도 전해주고. 돌고래 소식도 모집하고."

나는 이원의 원대한 스케일에 한숨을 푹 쉬었다.

"저기, 인간 세계에는 고주파를 사용하는 다른 기계도 있는데… 기계 다 망가질 것 같은데."

"저한테는 기계보다 고래가 소중하거든요."

"여기 아직 지구거든요. 너 아직 지구에 있다고."

이 외계인은 내가 감동에 빠질 틈을 주지 않는다. 그래도 솔깃한 아이디어였다. 어차피 현실성이 있는 건 현실에 살아가는 사람들이 생각해야 하는 분야지, 곧 이 별을 떠날 외계인의 관심사는 아닐 터였다. 캠프파이어가 끝난 건지 더운 공기 사이로 사람들 소리가 가까워지고 있었다.

"놀래줄 준비하자."

"아. 응."

일어서는데 비명이 저절로 나왔다. 오래 쭈그려 앉아 있었더니 발등이 쑤셨다. 나는 이원이 일어서는 걸 부축하며 말했다.

"들어가면 내가 약 발라줄게, 발등에 금 갔는지 시그널로 좀 봐주라."

"너 약 발라주는 거 봐서."

불빛들이 흔들리며 숙소 쪽으로 다가왔다. 톡톡 지팡이로 땅을 짚는 소리와 휠체어 바퀴 끄는 소리, 말소리와 함께. 나는 풀숲 밖으로 뛰쳐나갈 타이밍을 엿보며 이원의 손을 잡았다.

"그거, 연구주제 제목은 뭘로 할까?"

"글쎄. 넌 뭐 생각해놓은 거 없어?"

"고래고래 통신?"

내가 농담 삼아 던진 말에 이원은 씩 웃었다.

"지금까지 지구인이 한 모든 작명 중에 가장 맘에 든다. 너 통신국장 시켜줄게."

하나, 둘, 셋 하면 뛰쳐나가자.

그리고 방에 돌아가면 씻고, 약 바르고, 연구주제 발표 준비하는 거야.

하나.

둘.

데
자
뷔

이
서
영

◇

2012년 환상문학 웹진《거울》에 단편〈성문 너머 코끼리〉를 발표하면서 작품 활동을 시작했다.

2020년 여름에 성인 ADHD 진단을 받았다. 대체로 정상성 안에 포함되어 있다고 생각한 삶에 균열이 생겼다. 우리는 무엇을 '장애'라고 부르는가. 어떤 것이 '장애'가 되고 어떤 것이 '정상'이 되는가. 그 희미한 경계선은 어디에 위치하는가. 경계를 뛰어넘는 세계와 인간의 변화를 생각하면서 썼다. 소설을 읽는 이들이 그 경계에 서서 혼란스러워하길 바란다.

햇볕이 좋은 주말이었다. 미리 작성해둔 리스트를 떠올려서 맨 위에 쓰여 있는 글자를 체크했다. '빨래하기.' 한 주 동안 쌓인 빨래를 빨래통에 집어넣는데, 나경에게서 전화가 걸려왔다. 전화를 받자마자 스피커로 돌렸다. 손은 쉬지 않고 빨래를 세탁기에 밀어넣었다.

"어, 나경아."

나경의 대답은 들려오지 않았다. 그 대신 휴대폰 너머로 흐느끼는 소리가 들려왔다. 나는 입을 다물었다. '그 일'이 생긴 게 틀림없었다. 나지막하던 나경의 울음소리는 점점 커지다가 나중에는 거의 숨이 넘어가는 통곡이 되어갔다. 작은 거실 안이 나경의 울음소리와 4월의 따스한 햇볕으로 가득 찼다.

나는 나경을 달래지 않았다. 흐느끼는 나경의 울음소리를 들으며 가만히 빨래를 끝까지 넣고, 세제를 꺼내 세탁기에 넣었다. 버튼을 누르자 세탁기가 돌아가기 시작했다. 세탁기가 돌아가는 소리 옆에서, 나는 휴대폰을 들고 나경의 울음소리를 오래도록 들었다.

울다 지친 나경의 목소리가 간신히 잦아들었다. 나는 그제야 입을 열었다.

"나경아, 기억이…… 이상해?"

나경은 다시 울먹이며 말했다.

"어떻게 알았어? 알고 전화한 거야?"

숨이 턱 막혔다. 그렇다고는 알고 있었지만, 막상 확인하자 그저 아득하기만 했다. 나경은 자신이 전화를 먼저 걸었다는 사실조차 잘못 기억하고 있었다. 주변에서만 벌써 세 명째다. 회사의 황 대리, 대학교 동기 윤주, 그리고 이제 나경이라니.

황 대리가 걸렸을 때는 같이 해야 하는 업무를 앞으로 어떻게 할지만 걱정이었는데, 나경이 걸렸다니 어디서부터 어떻게 해야 할지 알 수가 없었다. 나경과 함께한 기억들…… 어디서부터 망가져버리는 거지? 아주 어릴 적 기억은 오로지 나경에게만 있을 텐데.

"나경아, 우리 만날까? 만나서 얘기할까?"

반쯤 잠겨버린 목소리로, 한참 시간이 지나서야 대답이 돌아왔다.

"응, 내가 갈까?"

"아니야. 우리 회사 황 대리 보니깐 내가 가는 게 나을 것 같더라. 그냥 집에 있어. 내가 그쪽으로 갈게."

전화를 끊자마자 나경에게 메시지를 보냈다.

나경아, 우리 좀 전에 통화했고 내가 너희 집으로 가기로 했어. 지금 씻고 준비해서 출발할 거니까 어디 나가지 말고 있어. 한 시간 반 안으로 도착할 거야.

　세탁기 안에서 시끄럽게 돌아가는 빨래를 바라보다가, 다시 리스트를 꺼내 이번엔 '샤워하기'에 체크했다. 옷을 벗고 화장실에 들어가 따뜻한 물을 틀었다. 머리를 감고 있자니 더 생각이 많아졌다. 나경은 자신이 처음으로 샤워를 하던 순간의 공기, 온도, 날짜, 자기 시야에 들어왔던 모든 것을 기억했을 것이다. 나경은 그 모든 것을 잊었을까, 아니면 믿을 수 없게 되었을까. 잠깐 등골이 오싹해졌다.
　스스로와 비교할 수 있는 최초의 대상은 언제나 나경이었다. 한 살 어린 동생이지만 나경은 정상이었으니까. 아직 혀가 여물지 않아 말을 제대로 못 하던 시절부터 나경은 무슨 일이 있었는지, 뭐라고 말했는지를 또렷하게 기억했다. 짧은 혀로 옹알거리면서도 엄마가 한 말을 똑같이 발음했을 때, 엄마의 눈엔 분명한 환희가 지나갔다.
　아니, 아닐 수도 있다. 괜한 피해의식에 없는 기억을 만들어냈을지도 모른다. 어쨌든 내 기억은 믿을 수 없으니까. 하지만 그런 일이 있었느냐고, 그때 기뻤느냐고 엄마한테 물어볼 용기는 차마 나지 않았다. 만약 엄마가 기뻤다고 말한다면, 속이 상하겠지. 하지만 엄마는 내게는 거짓말을 할 수도 있다. 엄마가 내게 거짓말을 한다면, 그 역시 기분이 나쁠 것이다. 기쁘지 않았다고 한다면, 나는 엄마를 믿을 수 있을까. 엄마를 의심하게 된다면, 마찬가지로 속이 상하겠지. 그 때문에 나는 단 한 번도 엄마에게 묻지 못했다. 그저 그 환희를 기억하고 의심하고 또 기억하며 살아왔다.

처음에 엄마는 포기하지 않았다. 할 수 있을 거라며 굳이 일반 학교에 날 보냈다. 배워야 할 것들을 빨리 배우지 못해 한 학년 늦게 입학하는 바람에 나경과 같은 학년으로 들어갔다. 같은 반 아이들은 나와 크게 달라 보이지 않았다. 학교에 입학해서 새로운 친구들을 만난다는 설렘으로 눈을 빛내고 있었다. 하지만 그 친구들은 모두 나와 아주 달랐다.

일반 학교에 진학하는 걸 포기한 건 중학교 때였다. 어떻게 해도 교과과정을 따라갈 수 없었다. 네 시간만 자도, 밥도 먹지 않고 교과서를 들여다봐도, 불가능했다. 초등학교에 다니는 내 내 엄마와 함께 특수교육 선생님이 있는 학원에 다녔다. 곱셈표를 써 들고 다니면서 외웠지만, 누가 볼까 봐 두려웠다. 쉬는 시간마다 화장실에 달려가서 24단 곱셈표를 들여다봤다. 선생님이 중학교는 특수학교에 보내는 게 좋겠다고 했을 때, 엄마는 분명 울었다. 많은 것을 잊었지만 그때 엄마가 울던 것은 기억한다. 물론…… 내 기억은 틀릴 수도 있겠지만.

나경이 교복을 맞춰 와 거울 앞에서 입어볼 때, 나는 특수학교 교재를 들춰보았다. 초등학교 때 배운 내용이 다시 실려 있었다. 교복을 입은 나경이 친구들과 어울려 다니며 성큼성큼 앞서나갈 때, 나는 처음으로 나와 같은 사람들을 만났다. 온전하게 기억하지 못하는 사람들. 기억 기능 장애. 중학교 때쯤에는 해결할 방법조차 없었다. 기억 기능 장애가 있는 이들은 온전한 노동을 하기 어려웠다. 거기서 만난 친구들은 때때로 삶을 반쯤 포기한 것 같았다. 수업은 전혀 안 듣고 매일 기타만 치던 친구는, 입버릇처럼 우린 어차피 세상에 쓸모가 없다고 말하곤 했다. 그 친구는 열여덟 살의 어느 날 뛰어내려서 죽었다.

유서에는 "똑똑하신 분들, 제가 어떻게 죽었는지 영원히 잊지 말고 기억하세요"라고 쓰여 있었다. 어쩌면 잊을 수 있었을 우리는 그 친구의 시신을 보지 못했다. 정말로 영원히 기억할 수 있을, 선생님들만 그 친구의 시신을 수습했다. 기억 기능 장애를 치료하는 칩이 나왔을 때 제일 먼저 떠올린 건 그 친구였다. 그 친구가 죽은 지 3년째 되던, 내가 스물한 살이 되던 해였다. 스물네 살부터는 머릿속에 칩을 넣고 평범한 사람들처럼 살아갈 수 있다는 걸 알게 되었을 때, 많이도 울었다. 어떻게든 널 3년만 더 살도록 잡아둘걸.

물론 이젠 그 친구를 떠올려도 그렇게 슬프지 않다.

오늘 할 일은 열두 개 정도 남아 있었지만, 일단은 접어둘 생각이었다. 샤워를 끝내고 머리를 말리고 옷을 갈아입는 사이 세탁기가 다 돌아갔다. 빨래를 건조기에 넣었다. 건조 버튼을 누르고서 신발을 신었다. 외출용 체크리스트를 떠올려 가볍게 확인했다. 지갑, 가방, 휴대폰…… 특별히 빠진 건 없었다. 신발 끈을 꽉 묶고 현관문을 열었다. 하루가 다르게 공기가 가벼워지는 봄이었다.

병이 유행하기 시작한 건 한 달 전부터였다. 누군가의 기억에 오류가 나기 시작했다. 기억을 못 하는 게 아니었다. 뒤틀렸다. 뻔히 플라타너스가 있던 곳에 백목련 나무가 있었다고 기억했다. 함께 밥을 먹은 사람이 밥을 먹다가 느닷없이 눈물을 흘렸다고 기억했다. 길을 잃고, 제시간에 나타나지 않고, 약속 장소를 착각했다. 여기저기서 온갖 혼란이 생겨났다. 뒤틀린 기억에 대처할 방법은 아무것도 없었다. 기억을 믿지 못하면 대체 무엇을 믿을 수 있단 말인가.

대학 동기의 기억이 망가졌단 얘기를 건너 들을 때까지만 해도 무슨 그런 병이 다 있냐고 조금 신기해했지만, 황 대리의 기억이 망가지는 걸 눈앞에서 보고 나서는 내심 걱정이 됐다. 원래도 온전치 못한 내 기억이, 저런 병까지 걸리면 돌이킬 방도가 없을 것이었다. 외부 침입의 흔적이 없는 것을 보면 병의 원인이 바이러스는 아니라고들 했지만, 그래도 나는 혹시 모르니 황 대리와 함께 밥을 먹지 않았다. 나뿐만 아니라 다른 사람들도 마찬가지였다.

붙임성 좋은 신입사원 하영 씨가 커피를 들고 돌아오는 길에 황 대리에 대해 말을 꺼냈다.

"황 대리님 잘못이 아닌 건 아는데, 그래도 같이 밥 먹으려면 좀 무섭지 않아요?"

"무서운 건 아닌데. 걱정은 되죠."

"한 대리님은 안 무서우세요? 걱정되면 무섭잖아요."

"아니, 별로 그렇진 않아요."

"어? 혹시 한 대리님…… 그, 칩 쓰세요?"

나는 신입사원을 돌아보며 고개를 끄덕였다.

"네. 스물네 살 때 넣었어요."

"아, 그래서 그렇구나. 한 대리님 왜 이렇게 입사가 늦으셨나 했거든요. 솔직히 전 칩 쓰는 사람들 조금 부러워요. 평소에도 엄청 침착하고."

하영 씨는 계속 말을 이어나갔다. 맞는 말이었다. 칩을 넣고 나면 감정적 반응이 현저하게 줄어들 수 있다는 설명을 처음 들었을 때야 당연히 무서웠지만, 쉽게 흔들리지 않는 마음을 갖게 된다는 건 생각보다 꽤 괜찮은 일이었다. 물론 그런 단단한 마음을 갖기 위해 기억 기능 장애가 없는 사람들이 일부러 칩을 넣는 건 본 적이 없다. 그건 하영 씨도 마찬가지일 것이다.

지하철을 타고 나경의 집으로 가는 동안, 그나마 나경이 내가 칩을 쓰는 사람이라는 걸 기억해서 내게 전화를 건 것이겠거니 생각했다. 처음부터 기억이 다 망가지진 않겠지. 가까운 기억부터 무너진다고 들었다. 황 대리의 업무도 최근 내용부터 뒤

섞이기 시작했다. 엄마에게 먼저 전화를 걸지 않은 건 어쨌든 내가 덜 충격을 받을 거란 예측이 있었기 때문이리라.

나는 가만히 손목에 손가락을 올려보았다. 맥박이 빠르게 뛰고 있었다. 나는 놀랐다. 아까 나경이 전화가 와서 울기 시작했을 때는 가슴이 쿵 내려앉는 느낌마저 들었다. 평소보다 훨씬 동요하고 있었다. 이 정도로 감정이 동요하는 건 오랜만이었다. 나경의 기억이 망가진다니, 한 번도 상상해본 적 없었다. 나경은 언제나 온전한 사람이었는데. 나는 이제야 나경을 간신히 반 정도 따라잡은 줄만 알았는데.

아무래도 밥도 먹지 않았을 것 같아 간단한 끼닛거리를 샀다. 나경의 집 비밀번호는 알고 있었지만, 늘 그렇듯 굳이 떠올려서 찾아냈다. 이번에는 내 기억도 맞았다. 비밀번호를 누르고 집에 들어서자 나경은 날 붙잡고 또 왈칵 울음을 터뜨렸다. 회사에서 황 대리와는 밥도 먹지 않았지만, 덜덜 떨리는 나경의 어깨를 안았다. 안을 수밖에 없었다.

"텔레비전을 틀었는데 조금 전에 내가 본 게 맞는지 못 믿겠어, 언니. 어쩐지 코미디 프로그램도 앞뒤가 안 맞는 거 같고, 뉴스도 이상하게 보여. 언니, 나 어떡해?"

"점심은 먹었어?"

밥 먹을 힘도 없다면서 울기만 하는 나경 앞에 사 온 음식을 차려놓았다. 몇 숟갈 뜨다, 울다, 다시 몇 숟갈 뜨기를 반복하다 나경은 소파에 모로 누워 잠이 들었다. 침대에서 이불을 가져와 나경 위에 덮어주었다. 무엇을 해야 할지 알 수가 없었다.

황 대리는 사표를 쓰겠다고 했다. 눈물범벅이 되어 있었다. 다들 어찌할 바를 몰랐다. 누군가 침울하게 말했다.

"혼자만 보지 말고, 좀 보여주지……."

"황 대리님이라고 이럴 줄 알았겠어. 기억이 바뀔 거라고 누가 알아."

업무 내용에 관한 기억 중 한 부분이 완전히 뒤틀린 모양이었다. 지금까지도 그런 일이 종종 있었지만, 다행히 같이 일하던 사람들이 어떻게든 한 번이라도 본 적이 있었다면 이번은 아니었다. 딱 한 번이라도 봤다면 누구라도 기억했겠지만, 이 일은 황 대리 혼자서만 보고 있었던 모양이었다. 누구도 황 대리를 탓할 순 없었다. 한 번 보면 완전히 기억하는 게 너무도 당연한데, 굳이 그걸 교차해서 보여줘야 한다고 생각하는 사람은 없었다. 하지만 그렇다고 황 대리를 이대로 퇴사시킬 수도 없는 노릇이었다.

"그럼, 황 대리 말고 아는 사람이 없는 거잖아요."

다른 사람들이 서로서로 얼굴을 바라보았다.

"없으면 황 대리가 어떻게든 기억해내야죠. 그걸 그냥 나가버리면 프로젝트가 엎어지잖아요."

"하지만 제 기억은 다르단 말이에요……."

"확인해봤는데 황 대리 기억이랑 다르면 비슷한 거라도 어떻게든 찾아봐야죠. 기억이 다르다고 사표를 쓰면 어떡해요. 다른 사람들이 해결할 방법도 없는데."

"제가, 제가 할 수 있을까요. 기억이 정말 다른데······."

"완전히 다르진 않을 테니까, 다른 기억들이랑 비교하면서 찾아봐요. 어디 한 군데는 비슷한 데가 있겠죠."

"기억이······ 비슷할 수도 있어요?"

난감했다. 입을 열까 말까, 3초 정도 고민했지만 그냥 얘기하기로 했다. 어차피 지금은 칩을 쓰고 있고, 나는 업무에서 그렇게 큰 문제를 일으킨 적도 없다. 어쨌든 지금은 이 일을 처리하는 게 우선이니까.

"저, 기억 기능 장애예요. 지금은 칩 쓰고 있는데. 어릴 때를 생각해보면 기억이 완전히 달라지진 않아요. 조금씩 바뀌어서 그렇지. 잊어버린 것도 남이 얘기해주면 떠오를 때가 있고요. 비슷한 내용 생각하다 보면 떠오를 수도 있어요."

황 대리가 다시 눈물을 쏟아냈다.

"생각해볼게요······. 어쩌지, 생각을, 해볼게요······."

서너 시간이 걸려서 황 대리가 간신히 떠올린 건 이전에 비슷한 내용으로 진행했던 프로젝트 건이었다. 다행히 이쪽 내용은 망가지지 않은 듯했다. 황 대리의 말을 듣자마자 내 머릿속에도 번쩍, 그 내용을 써둔 게 떠올랐기 때문이다. 서랍 속을 뒤져 낡은 수첩을 꺼냈다. 몇 장 넘기지 않아 황 대리가 입에 올린 사업체 이름이 쓰인 페이지가 보였다.

"찾았다!"

사람들이 눈을 휘둥그레 떴다. 잠깐 아차 싶었지만, 중요한 건 아니었다. 하영 씨가 입을 벌리고 가까이 다가왔다.

"이걸, 손으로 쓰신 거예요?"

"네."

"손으로 글씨를 쓰시는구나, 세상에! 칩 있는데 왜 직접 쓰셨어요?"

"어릴 때는 이렇게 자주 메모해놓아서 저는 손으로 쓰는 데 익숙해요. 칩 넣기는 했어도 기껏해야 6년 정도고."

"그렇구나. 어릴 때는 손으로 글씨를 쓰셨겠구나. 와, 저 손으로 쓴 글씨 처음 봐요. 너무 신기하다."

이 메모를 남길 때는 굳이 칩을 사용하는 게 귀찮았던 기억이 났다. 일단 내가 메인인 일이 아니기도 했고, 지금까지 해온 것처럼 리스트로 만들면 열 때마다 매번 확인해야 하는데 헷갈릴 것 같기도 했다. 기억 기능 장애가 없었다면 하지 않았을 고민이었다. 머리 쓰기가 귀찮아서 그냥 수첩에 대충 적어놓고 서랍에 넣어두었다. 굳이 내가 메모로 남겨뒀다는 걸 남들에게 알릴 일은 없을 줄 알았다.

황 대리는 몇 번이고 고맙다고 했다. 어쩌면 이 기억도 내일쯤이면 황 대리 머릿속에선 다른 기억이 되어 있을지도 모를 일이지만.

나경이 병에 걸렸다는 사실이 그리 오래지 않아 엄마도 알게 되었다. 엄마는 전화로 울고불고 난리가 났다.

"어떻게 걔는 엄마한텐 말할 생각을 않고 너한테만 전화를 걸 수가 있어."

엄마가 이렇게 펑펑 울 거란 걸 나경도 알았으리라고는 말하지 않았다. 엄마의 이 예민하고 격한 성정은 나경과 나 모두 물려받은 것이지만, 이제 다행히 나에게선 발현되지 않는다. 엄마는 나경의 걱정을 10여 분 하더니 이제는 당신의 신세 한탄으로 넘어갔다.

"어릴 때는 너 기억 장애 때문에 그렇게 마음을 졸이고 살았는데, 이제 좀 네 걱정 안 할 만하니까 나경이가 이렇게 되고. 엄마 팔자는 이게 뭐니. 너희 이모할머니도 지금 정신이 온전치가 못한데……."

신세 한탄을 하던 엄마의 목소리가 갑자기 높아졌다.

"너, 나경이 그렇게 되었다는 거, 이모할머니한텐 절대로 말하지 마라?"

"이모할머니한테 말해도 이제 무슨 말인지 모르셔."

"그건 네 생각이지. 그 양반이 젊으실 적에 얼마나 기억이 칼 같았는데. 웬만한 기억력이 아니었어. 한 번 보면 책상 나뭇결 생김새까지 그대로 기억하고 그랬다니까."

"엄마는 그렇겐 기억 안 나?"

내내 울기만 하던 엄마가 피식 웃는 소리가 들렸다.

"너보다는 잘하겠지만, 엄마도 그 정도까진 아니야."

아무쪼록 나경을 자주 찾아가라는 당부를 두세 번 더 듣고 나서야 통화가 끝났다. 그렇지 않아도 퇴근길에 나경에게 들렀다 오는 참이라는 말은 굳이 하지 않았다. 온통 어둑한 방 안에 있던 나경은 그리던 그림을 찢어놓았다. 자신이 그리려고 했던건 분명 다른 그림인데, 밑그림이 그 그림과 전혀 맞지 않는다고 했다.

"내가 다르게 기억하는 그 그림이야말로 내가 정말로 그리고 싶었던 게 아니었을까? 어쩌면 내가 다시는 못 그릴 내 삶의 최대 역작은 아니었을까? 아니겠지만, 자꾸 그런 생각이 들어. 그런데 저 밑그림은 봐도 뭔지 모르겠어. 언니, 나 너무 비참해. 나 아무것도 못 하게 되는 건 아닐까? 내가 원래 나랑 같은 사람인지도 모르겠어."

회사에서 황 대리와 있었던 일이 떠올랐다.

"어릴 때 일들은 기억나?"

"어릴 때는 기억나지. 원래 최근 기억부터 깨진다며."

"텔레비전에서 무슨 무당 같은 거 보고, 무당 놀이한다고 내가 네 얼굴에 대고 칼춤 추다가 네 얼굴 그은 거 기억나?"

원래 내 기억은 조금 달랐다. 나는 칼을 들고 둘이서 같이 춤을 추다가 나경이 실수로 칼을 떨어뜨리면서 얼굴에 상처를 입었다고 기억하고 있었다. 하지만 스무 살이 넘은 어느 날, 문득 떠올라 그 이야기를 꺼냈더니 나경이 고개를 흔들었다.

"아니야, 그날 나는 언니가 누워 있으래서 누워 있었고, 그 위에서 언니가 칼 흔들다 잘못 그은 거잖아."

나경은 거실에 누운 시점과 위치, 무슨 말을 하다 칼을 잘못 흔들었는지까지 세세히 기억하고 있었다. 물론 그렇지 않았더라도 나는 나경의 말을 믿었을 것이다. 내 기억은 정확할 리 없으니까. 하지만 나는 그날 일기를 썼다. 내 일기에는 분명 나경이 떨어뜨렸다고 쓰여 있었다. 일기보다는 나경의 기억이 믿을 만했지만, 그렇다고 다른 날의 일기가 다 틀렸을 거라고 생각할 순 없었다. 하지만 나는 일기를 나경에게까지 철저히 숨겼다. 기억하지 못해서 글씨에 의존하는 걸 들키고 싶지 않았다.

어쨌든 내 기억을 정정해주기도 한 만큼 그날 일은 떠올리겠지. 그런데 도리어 나경의 눈이 젖어들기 시작했다.

"언니, 나 그날 기억이 이상해. 언니랑 나랑 두루마리 휴지를 길게 풀어서 적삼처럼 늘어뜨리고 춤을 췄던 거 같아. 그런 적 없었지?"

나는 고개를 흔들었다.

"어, 나는…… 그런 기억은 없는데."

"어떻게, 어떻게 왜 나는 이런 기억이 있지? 언니, 나 어릴 때 기억까지 다 망가졌나 봐. 나 이제 어떡하지?"

손글씨를 쓰라고 말해주고 싶었지만, 나경이 너무 우는 바람에 끝까지 말을 잇지도 못했다. 많이 울거나 괴로워한 날이면 꼭 나경의 기억은 이상하게 뒤바뀌어 있었다. 어떤 날은 내가 와서 안심하고 잠드는가 하면, 어떤 날은 내 얼굴만 마주해도 심하게 울어댔다. 그래도 나갈 때 하는 말은 똑같았다.

"언니, 내일도 꼭 와야 해. 알겠지?"

나경은 초등학생 꼬맹이처럼 겁을 먹고 있었다.

병의 원인이 발표된 건 첫 발병 후 3개월이나 지나서였다. 어떤 유행병도 이렇게 오랜 시간이 걸린 적은 없었다. 그사이 더 많은 사람이 똑같은 증세를 겪었다. 마케팅 이사가 결국 사표를 썼다고 했다. 온 회사 사람들이 함께 모니터 앞에 둘러섰다. 연구를 주도했다는 의사와 세계보건기구 총재라는 이가 기자들 앞에 섰다.

"저 사람들은 머리 괜찮은 거겠죠?"

"쉿."

하영 씨는 약간 샐쭉하게 입을 다물었다. 의사가 입을 열었다.

"원인은 바이러스입니다. 그런데…… 이 바이러스는 이미 우리 모두 걸려 있습니다. 그…… 뇌에 영향을 미치는 바이러스입니다. 이 바이러스가 유행했던 건 80년 전입니다. 그때 당시에는 이 바이러스에 감염되기 위해 전 인류가 노력했고, 그래서 실제로 감염이 되었어요. 보통 아이들은 생후 2~3개월 안에 감염이 되었고, 지금도 마찬가지입니다. 우리는 모두 이 바이러스의 감염체입니다."

질문도 없이 고요한 시간이 수 초 흘렀다. 그러더니 금세 봇물 터지듯 질문들이 쏟아지기 시작했다.

"그럼 우리 모두 그 바이러스에 이미 걸렸단 말입니까?"

"80년 전이면 왜 그때는 바이러스를 막지 않았지요?"

"그럼 지금 와서 백신을 개발해야 합니까?"

의사는 손을 들었다.

"하나씩 대답하겠습니다. 아까 말씀드렸듯 80년 전에는 다들 바이러스에 걸리려고 했어요. 아니, 걸리는 줄도 몰랐지만, 누구든 걸리고 싶어했죠. 기억력이 좋아지니까요. 지금 여러분, 웬만하면 뭐 외울 필요가 없으시지요? 한 번 보면 다 기억나시고요. 그게 이 바이러스 때문입니다. 이 바이러스가 두정엽과 해마에 작동해서, 찍어내는 것 같은 놀라운 기억력을 갖게 해준 겁니다. 원래 인간의 기억력은 지금과 같은 상태가 아니에요. 우리가 바이러스를 활용해서 지금과 같이 된 것이죠. 의식적으로 한 건 아니지만요."

의사는 낮게 한숨을 쉬더니 주변을 둘러보았다.

"그리고 이게 어떤 경우에는 기억을 왜곡시키는 방향으로 병증이 생기는 건데요. 병증은 측두엽에서 발생합니다. 현재까지 관찰한 바로는 우리 모두가 발현하는 건 아닌 것 같습니다. 아직까지는 기억 문제를 일으킨 사람들의 공통점도 알 수가 없고요. 평생 멀쩡할 수도 있는데, 아닐 수도 있습니다. 그…… 백신은…… 하……. 이 바이러스엔 이미 항체가 있는 사람들이 있습니다. 백신을 개발하려면 그 사람들을 연구해야 할 텐데……."

카메라 셔터음이 들렸다.

"그게 어떤 사람들이죠?"

"기억 기능 장애가 있는 사람들입니다."

여기저기서 갑자기 나를 향하는 시선들이 느껴졌다.

"이 사람들이 기억 기능 장애가 있는 건, 이 바이러스에 면역 체계가 있었기 때문입니다. 감염이 되지 않으니 이전 상태의 기억력으로 남아 있을 수밖에 없었던 것이고요. 기억 기능 장애가 있는 분들이라면, 지금 이 바이러스의 발현으로 기억이 왜곡될 걱정은 안 하셔도 됩니다. 하지만 기억 기능 장애가 없다면 얼마든지 걸릴 수 있습니다. 반드시 걸린다고 확언할 수는 없지만요. 지금 전 세계 인구 대부분을 차지하는 건 이 바이러스에 이미 감염된 사람들입니다. 혹시라도 기억 왜곡 발현 확률이 늘어나면 전 지구적 재앙이 될 수 있습니다."

"기억 기능 장애인들처럼 칩을 활용할 순 없습니까?"

"기억 기능 장애인들은 기억을 저장하게 해주는 장치가 필요했던 거지만, 아직까지 기억을 왜곡하는 작동을 멈추게 하는 장치는 개발되지 않았습니다. 이미 뇌에서 기억을 관장하는 부분이 흐트러진 이상에는 왜곡된 기억이 저장될 수도 있어요. 그런 방식으로는 문제를 해결할 수 없을 것 같습니다."

먼저 침묵을 깬 건 하영 씨였다.

"저희 이제 그럼 어떡해요?"

나경의 목소리가 문득 귓전에 스쳤다. 언니, 나 이제 어떡하지?

"칩도 못 쓰고, 언제 저런 병이 올지도 모르고, 그럼 저희 이제 어떡해요?"

하영 씨는 급기야 훌쩍이기 시작했다. 누군가 하영 씨를 달 랬다.

"아직 걸리지도 않았잖아. 왜 벌써부터 울고 그래. 낫는 방법 찾겠지. 걱정하지 마."

"그사이에 또 누가 걸릴 수도 있잖아요."

우는 하영 씨를 황 대리가 담담한 표정으로 지켜보았다. 나 역시 아무 말 없이 자리로 돌아와 앉았다. 서랍 속에서 낡은 수 첩을 다시 꺼내 책상 위에 놓았다.

초등학교 때부터 일기를 강박적으로 썼다. 사고력을 기르기 위한 글이 아니면 아무도 쓰지 않을 때, 나는 혼자 기억하기 위 한 글을 썼다. 하루 동안의 일은 밤이 되면 이미 까무룩했다. 기 억의 끄트머리를 붙잡고 매일 글씨로 뭐라도 남기기 위해 노력 했다. 하지만 그 역시 틀릴 때가 적지 않았다.

다들 한 번씩 쭉 읽고 통째로 외워버리는 백과사전의 '역사' 부분을 매일 집착적으로 읽어대기 시작한 건 초등학교 3학년 때쯤이었다. 다른 아이들이 없을 때면 조용히 백과사전을 꺼냈 다. 사史라는 글자의 어원은 '객관적으로 기록하는 행위'를 뜻 한다. 역사는 과거에 기록해놓은 기록물을 뜻한다. 과거의 인간 행위, 그 행위로 인해 일어난 사실, 그 사실에 대한 기록. 역사는 직접적으로 체험될 수 없고 오직 역사 연구의 결과물인 역사에 관한 서술을 통해서만 접할 수 있는 대상. 기억력이 아직 나쁘 던 시절의 인간들이 기를 쓰고 기억을 붙잡아두기 위해 매달렸던 온갖 장치들. 하지만 그조차도 완전하진 않았다. 역사를 기록한 사람들은 서로 기억이 다르다고 싸웠고, 기억에 대한 해석이 다르다고 싸웠다. 모두가 비약적으로 기억력이 좋아져서 이런 싸움이 없어진 것은 비교적 최근이었다.

회사 분위기는 이미 엉망진창이었다. 나는 하영 씨 자리로 가 업무 지시를 했다.

"하영 씨, 그만 울고. 지금 이건 오후 네 시까지 처리해야 해요. 기록해두세요."

"네?"

"파일로 기록해도 좋지만, 급하면 손으로라도 기록해둬요."

"글씨를…… 쓰라구요? 대리님처럼요?"

"잊어버릴 수도 있잖아요."

잊어버린다는 말을 입에 담는 순간 말로 다 못 할 쾌감이 덮쳐왔다. 나경을 걱정할 때와는 비교할 수 없을 정도로 큰 동요였다.

한동안 발병하는 이들은 더 늘어나는 것 같았지만, 어느 순간부터는 뚝 줄어들었다. 우리 회사에서는 황 대리만이 발병자였다. 언론에서는 인구의 3퍼센트 정도가 발병했고, 그 이상 늘어나지 않고 있다고 했다. 3퍼센트는 적지 않은 숫자였지만, 꽤 적은 숫자기도 했다. 주변에서 종종 마주칠 수 있지만, 그리 자주 마주치는 사람은 아닌 정도. 기억 기능 장애인도 인구의 3퍼센트 정도였다. 언론에서는 기억 기능 장애인을 기억 기능 면역인이라고 부르기 시작했지만, 평생을 기억 기능 장애인으로 살아온 마당에 영 입에 붙지 않는 단어였다. 사람들도 우리를 계속 기억 기능 장애인이라고 불렀다.

발병하는 이들과 발병하지 않는 이들 사이의 차이를 찾아내는 연구는 계속 진행되었지만, 별다른 성과는 없었다. 그래도 사람들은 전보다 훨씬 안정된 듯했다. 어쨌든 모두가 병에 걸리는 건 아니었고, 가끔 병에 걸리는 사람이 나타나도 그러려니 했다. 주변 사람이 걸리면 깜짝 놀라곤 했지만, 우연한 불행으로 취급하는 정도였다.

발병 이후 황 대리는 많은 것을 틀렸다. 멍하니 앉아 완전히 다른 기억을 끄집어내는 황 대리를 보고 있자면 황 대리의 머릿속에서 무슨 일이 벌어지고 있는지 궁금했다. 가끔 황 대리의 시선은 아주 멀어졌고, 그럴 때면 실재하지 않는 모든 감각이 황 대리의 머릿속에서 춤을 추는 것처럼 보였다.

회의 결정사항은 늘 다른 사람들이 작성해 황 대리에게 공유했지만, 공유된 결정사항 위에서도 황 대리는 다른 것들을 기억해냈다. 신기한 일이었다. 황 대리의 기억은 아주 작은 부분에서 뒤틀렸고, 뒤틀린 부분을 수정하지 않으면 점점 큰 부분으로 옮겨 갔다. 하지만 뒤틀린 부분을 바로잡으면 더 이상 왜곡이 일어나지 않기도 했다.

어느 날 황 대리는 탕비실에서 나직하게 중얼거렸다.

"저 예전에 여기서 한 대리님이랑 똑같은 대화를 했던 거 같아요. 아마 아니겠죠?"

"아…… 저는 그런 기억은 없는데요."

"요즘 꿈에서 본 장면들을 너무 많이 봐요. 매 순간이 전에 겪었던 것처럼 익숙해요. 도대체 어디서 온 걸까요, 이 수많은 '없던 일들'은. 저는 분명히 생생하게 그 일들을 기억하는데, 없었던 일이라니 말도 안 돼요."

나는 그게 무엇인지 알고 있었다. 어릴 적에는 종종 보았지만 칩을 넣고 나서 깨끗하게 사라진 감각이었다. '꿈에서 본 적 있던 순간'. 황 대리에게 그게 무엇인지 알고 있다고 말할까 말까 고민하는 사이, 그녀는 자리에서 일어나 탕비실을 나갔다.

오랜만에 이모할머니를 찾아가는 날, 엄마는 계속 불안해했다. 버스를 탈 때부터 내릴 때까지 손을 가만히 두질 못했다. 이모할머니한테는 절대 말하지 말란 얘기를 어제 저녁에도 전화로 했다. 엄마는 나경의 손을 꼭 잡은 채 계속 무언가 말하고 있었다. 잘 들리진 않았지만 뭐라고 하는지 이미 알 것 같았다. 분명 이모할머니 불안하지 않게 너무 많이 말하지 말라고 하겠지. 괜한 말 하다가 아픈 거 들키지 말라고 하겠지. 조금 짜증이 났다. 이모할머니는 정말로, 어차피 기억을 못 할 텐데.

요양병원 문을 열고 들어가자 창가 쪽에 앉아 있던 이모할머니가 이쪽을 보며 웃었다. 깊은 주름 사이사이를 햇빛이 비집었다.

"나희, 나경이!"

아직 우리는 잊지 않은 모양이었다. 아니, 가끔 잊기도 하지만. 이모할머니가 이 요양병원에 입원한 지도 벌써 2년째였다. 시작은 냉장고에 뭘 넣었는지 기억을 못 하는 데에서부터였다. 유통기한을 잊었다며 이모할머니는 배시시 웃었다. 나희야, 나이 먹으니까 너처럼 되나 봐. 그래봤자 나보다 압도적으로 기억력이 좋은 이모할머니였기에 우리는 별로 걱정하지 않았다. 하지만 이모할머니의 정신이 마흔, 서른, 스물까지 퇴행하는 데에는 그리 오랜 시간이 걸리지 않았다.

분명 이모할머니의 기억 속에는 우리가 있었지만, 이모할머니는 때로 우리가 태어나지도 않은 시절로 되돌아갔다. 우리를 기억하면서도 동시에 자신을 열두 살 어린아이로 여기기도 했다. 이모할머니의 머릿속에서 무슨 일이 벌어지는지는 알 수 없었지만, 여하간 우리를 바라보고 웃는 얼굴은 요양병원에 있을 때나 예전이나 똑같아서 마음이 놓였다.

어릴 적엔 이모할머니가 오는 날을 늘 손꼽아 기다렸다. 명절을 손꼽아 기다렸던 것도 전부 이모할머니 때문이었다. 이모할머니는 장난을 좋아하는 사람이었다. 허구한 날 거짓말을 했다. 아직 뭘 잘 모르는 조카손녀들을 만나면 그야말로 물 만난 고기였다. 세상의 모든 사소한 것이 이모할머니의 입을 거치면 거짓말이 됐다. 나경은 종종 난 이모 말 하나도 안 믿어, 이모는 거짓말만 해, 라며 토라지기도 했지만, 재밌는 이야기를 해달라고 제일 열심히 조르는 것도 나경이었다.

내가 기억을 못 해서 이모할머니는 더 즐거워했다.

"우리 저번 명절에 이거 했었잖아. 기억 안 나?"

이모할머니가 그렇게 말하면 내 머릿속은 복잡하게 돌아갔다. 정말로 했었나? 모르겠는데? 내가 또 까먹었나? 그러다 보면 나경이 빽 소리를 질렀다. 언니, 이모할머니 말 믿지 마! 이모할머니 또 거짓말만 해! 그러면 이모할머니는 깔깔대고 웃었다. 아니야, 나희는 알 수도 있잖아. 나경이 너만 모르는 거야. 나만 잘못 알고, 모두가 바르게 알고 있는 세상에서, 바르지 않은 말을 하는 사람은 이모할머니뿐이었다. 나는 이모할머니에게 매번 속아 넘어갔고, 이모할머니는 그때마다 호탕하게 웃었다.

"나희야, 너 저번에 여기 왔을 때 호박죽 사 왔잖아. 왜 이번엔 호박죽 안 사 왔어?"

저번에 왔을 때도 이번에 왔을 때도 요거트를 사 왔다. 저번에 갈 때 요거트 사야 한다고 남겨놓은 체크리스트가 또렷이 남아 있는데. 하지만 이모는 내가 칩을 심었다는 사실을 이제 기억하지 못할 것이다. 자신의 나이도 잊었고, 가끔 자기 자신도 잊어버리지만, 용케도 기억 못 하는 조카손녀를 골려 먹을 수 있다는 사실은 잊지 않은 모양이었다.

뒤에 있는 나경을 돌아보았다. 나경은 이제 저거 다 거짓말이라고 소리치지 않았다. 아니, 자기 머릿속에 있는 기억을 믿을 수 없으니 그저 가만히 있었다. 두 손을 깍지 껴서 앞으로 모은 채. 긴장한 나경의 숨소리가 살짝 가쁜 게 느껴졌다.

나는 이모할머니한테 들키지 않을 만큼만 살짝 웃었다.

"내가 호박죽 사 왔었어?"

"어, 요만한 거, 숟가락 같이 달려 있는 거 사 왔잖아."

"어? 아닌데? 나 저번에도 이번에도 요거트 사 온 거 같은데? 호박죽 살려고 생각한 적이 없단 말이야."

"아니라니까. 저번에 호박죽 사 왔어. 애 또 기억 못 한다."

"진짜로? 이모 호박죽이 더 먹고 싶어?"

이모할머니는 어린애처럼 까르륵 웃음을 터뜨렸다.

"아니야, 전에도 요거트 사 왔어. 나 요거트가 더 좋아. 알잖아."

나경은 이 농담들 사이에서도 아무 말이 없었다. 엄마가 말한 대로 입을 꾹 다물고 있을 모양이었다. 말은 없었지만 손은 바쁘게 움직였다. 딱히 뭘 하는 건 아니었다. 그저 손가락이 손가락 사이로 오가고, 손톱 끝을 누르고 잡아 뜯을 뿐이었다. 고개를 숙인 나경의 머리카락 위로 햇빛이 고리처럼 반짝였다. 불안한 시선은 어디 갈 곳을 모르고 헤맸다. 아마 호박죽을 사 왔는지, 요플레를 사 왔는지 기억나지 않는 거겠지. 기억이 난다고 하더라도 그 기억이 맞는지 아닌지 알 수 없을 것이다. 나경은 가만히 내 뒤에 와서 목소리를 낮춰 속삭였다.

"언니, 잠깐만."

"응?"

"언니, 나…… 지금 이 장면, 전에 본 적이 있어. 꿈에서 봤나 봐."

나경은 황 대리와 같은 말을 했다. 내게서 사라진 순간이 느닷없이 나경에게 도래했다. 황 대리에게 해주지 못한 말을 나경에게는 해줄 수 있을 것 같았다. 요플레를 먹고 있는 이모할머니를 엄마와 함께 남겨두고, 나는 잠시 나경을 데리고 요양병원 복도로 나갔다.

"나경아, 네가 지금 무슨 말 하는지 알아. 나는 어릴 때 그거 많이 겪었어."

"꿈속에서 본 일이 현실에서 똑같이 일어나는 거?"

"그래, 근데 그게 실제로 일어났던 일은 아니야."

"그러면 이건, 이건, 내가 병에 걸려서 보는 게 아니야? 언니는 면역이 있는 거잖아. 그러면 이건…… 병이 낫는 거야?"

설명하기가 어려웠다. 오히려 칩을 꽂고 나서 그 꿈과 현실 사이의 이상한 감각을 느낄 수 없게 되었다는 걸, 한 번도 그런 걸 본 적 없는 나경에게 어떻게 설명해야 할지 알 수 없었다. 다만, 그것을 뭐라고 부르는지 알고 있었다.

"데자뷔라고 하는 거야."

"데자뷔?"

"옛날 사람들은 많이 봤대. 꿈에서 본 것처럼 현실을 느끼는 거. 우리 머릿속에서 뭔가 다른 작용이 벌어져서 생기는 일이 래. 정확한 원인은 파악되지 않았지만."

"우리 머릿속에서?"

이모할머니 옆으로 돌아와서 한참을 멍하니 앉아 있던 나경은, 하품을 하는 이모에게 문득 말을 건넸다.

"이모, 이모는, 꿈에서 본 걸 현실에서 또 겪은 적이 있어요?"

"응?"

"꿈에서 봤던 일이 현실에서 똑같이 일어나는 거요."

이모는 조금 그리워하는 듯한 표정으로 빙긋 웃었다.

"그럼, 당연히 알지. 나는 초등학교 다닐 때도 그랬구, 유치원 다닐 때두 그랬구. 우리 담임선생님한테 꿈에서 봤다구 했더니, 진짜가 아니라고 그랬어."

어느새 이모할머니는 열 살배기 소녀가 되어 있었다. 이모할머니의 '현재'는 알 수 없는 이유로 다르게 흘러갔다. 말투는 더 어린애 같아졌고, 아이처럼 신이 나 보였다.

"우리 선생님이 그러는데, 그건 꿈이 아니고 기억이래."

"기억이요?"

"기억하는데, 기억이 이상하게 나는 거래. 근데, 기억을 안 하면 그런 게 나올 리가 없고, 우리가 다 기억을 해서 그런 거랬어. 내가 다 기억을 한단 말이야. 그런데…… 중학교 들어가면서부터는…… 한 번도 그런 꿈을 꾼 적이 없어."

어깨를 으쓱기리며 자랑스러워하던 이모할머니는 눈을 천천히 감더니 낮게 코를 골기 시작했다. 면회는 여기까지인 모양이었다.

황 대리는 꿈에서 본 장면들을 너무 많이 본다고 했었다. 내 이야기를 들은 나경은 눈을 휘둥그레 떴다. 자신도 하루에 한두 번씩은 꿈에서 겪은 일을 다시 겪는다고 했다. 스물세 살이 되기 전에 내가 겪었던 '데자뷔'는 기껏해야 열 번이 채 되지 않았다. 하루에 한두 번은 너무 잦은 빈도였다.

"이모할머니가 기억해서 그런 거라고 했잖아. 내 기억이 잘못되었다는 건데, 그게 왜 기억해서 그런 걸까. 언니는, 무슨 말인지 알겠어?"

이모할머니는 중학교 들어가면서부터 꿈을 꾼 적이 없다고 했다. 80년 전에 바이러스가 돌았다면, 이모가 열한 살일 무렵이다. 나는 나경에게 대답하는 대신 어린 시절의 일기들을 떠올렸다. 거기 적어둔 기억들은 온전하지 않을 수도 있었다. 어쩌면 어린 나는 환상과 현실을 구분하지 못했을지도 모르지.

처음 데자뷔를 느꼈던 순간은 가슴이 뛰어서 정신없이 기록해두었었다. 학교의 나선 계단을 올라가던 순간, 창밖으로 보이던 새파란 하늘. 예지몽이 아니라 데자뷔라는 걸 알게 되었던 순간도 기억났다. 주변의 누구도 같은 경험을 한 적이 없었지만, 특수학교 친구들과는 같은 경험을 나눌 수 있었다. 나의 환상 같은 경험보다는 나경의 기억이 더 믿을 만했지만, 어쩌면 어린 시절의 나경은 이모할머니가 하듯 거짓말을 했을지도 모를 일이다.

나는 대답 없이 나경의 손을 잡고 웃어 보였다. 잘못된 기억들을 만들어낸 기억들이 있는 것이다.

곧, 뚜렷하고 강력한 기시감이 이 병의 가장 전형적인 특징 중 하나로 발표되었다. 기억을 관장하는 뇌의 여러 부분이 복합적으로 작동하면서 기억들을 분화시키고 다시 합쳐낸다고 했다. 기시감을 겪는 이들은 강력한 확신 속에서 통합적으로 사고했다. 눈앞에 있는 상황을 그대로 보는 대신에 그 너머를 발견했고, 새로운 규칙을 만들어냈다. 우리는 황 대리에게 회의 결과를 매번 새로 알려주었고, 황 대리는 앞에 있는 글씨들 위에서 더 멀리 생각했다. 프로젝트를 무사히 완성해내던 날, 황 대리는 울지 않고 술잔을 들었다. 혹시 술 때문에 가는 길을 이상하게 떠올릴까 봐 하영 씨가 집까지 바래다주기는 했다. 그 주말, 나는 운전면허를 썩 어렵지 않게 땄다.

이모할머니를 만나러 가는 길은 예전보다 훨씬 아름다웠다. 해안도로를 타고 달리는 동안 옆자리에 앉은 나경은 창문을 도통 닫을 생각을 하지 않았다. 갯비린내와 시원한 바람이 창문을 타고 훅훅 들이닥쳤다.

"언니, 우리 전에 이모할머니 보러 왔을 때 있잖아."

"요양병원에서?"

"아니, 수목장하고 나서 말이야. 전에 이 길 따라서 같이 왔잖아. 기억 안 나? 언니, 차 바꾸기 전에."

이 차는 내가 운전면허를 따고 처음으로 산 차고, 이모할머니의 수목장은 두 달 전이다. 우리는 한 번도 이 길을 따라서 함께 달린 적이 없다. 나는 나경의 기억을 수정하는 대신에 음악을 틀었다. 음표들이 반짝반짝 차 안을 메웠다. 나경은 말을 멈추지 않았고, 나경의 기억은 음표들을 타고 움직였다.

이모할머니의 나무는 아직 껍질이 여렸다. 우리는 수목장 나무로 많이 쓴다는 뾰족한 가문비나무를 골랐다. 이모할머니의 나무는 온실 속에서 얌전하게 크지 않고, 바닷냄새가 많이 나는 이곳에서 바람을 맞으며 자랄 것이다. 나경은 이모할머니의 나무 앞에 앉아서 이파리를 만지작거렸다.

"톡톡 쏘는 게 완전 이모 같네."

이왕 여기까지 온 거, 바다도 들렀다 가자고 나경과 나는 차 머리를 돌렸다. 해수욕장이 폐장한 지 얼마 되지 않은 따스한 가을이었다. 나경은 고개를 갸웃거렸다.

"언니, 우리 전에 왔을 때도 여기 들렀었나?"

나경은 이제 자신의 기억이 잘못된 것인지, 데자뷔인지 더는 묻지 않는다. 만약 정정해줄 필요가 있는 기억이라면 누군가 정정해줄 것이고, 그게 아니라면 꿈과 현실 어딘가를 뛰어넘으며 살아가면 될 일이었다. 어린 시절에 나는 나경의 얼굴을 칼로 그었을까, 아니면 우린 함께 칼춤을 췄던 걸까.

"왔었어."

"정말? 아, 와서 뭐했는지 잘 기억이 안 나네."

어쩌면 칼춤을 췄을지도 모른다. 나경은 느닷없이 적삼이 기억났다고 했다. 춤을 췄기 때문에 춤과 연관된 걸 떠올렸을지도 모른다. 나경은 내게 거짓말을 했을 수도 있다. 나의 기억은 거짓말 위에 세워진 것일지도 모른다.

"저기 앉아서 돗자리 깔고 너 맥주 마셨잖아. 나는 콜라 마시고. 이 근처에 맥주 파는 데가 있었는데, 지금은 해수욕장 닫아서 없나 보네."

나경의 눈에 빛이 돌았다.

"맞아, 그치. 저 아래쪽이었잖아. 비닐로 된 돗자리."

"그래그래, 은색."

"맞아! 그날 언니가 옆에서 무슨 시집 같은 거 읽고 있었는데. 우리 미트볼 같은 거 사 먹지 않았어?"

"응, 맥주 파는 데서 미트볼이랑 닭꼬치 팔아서 들고 왔지."

"아, 이제 기억난다!"

작은 이야기가 나경의 머릿속에서 천천히 바뀌어간다. 기억해서 보는 꿈이 포말로 찬란하게 부서진다. 그때 그랬잖아, 라는 나경의 기억은 춤을 추고 노래를 부른다. 춤을 추는 이와 함께 걷기 위해선 평소보다 더 천천히 걸어야 한다. 하지만 언제나 춤은 걸음보다 더 높이 솟아오르는 법이다. 문득, 나도 머릿속의 칩을 제거할까 하는 생각이 들었다.

기억 능력 면역인이라는 걸 알게 된 이후 칩을 제거하는 이들이 생기고 있다는 소식은 익히 들었다. 누군가는 내가 정상인데 왜 이걸 끼우고 있어야 하냐고도 했고, 또 누군가는 바이러스에 걸리지 않는 면역인이라는 사실을 과시하고 싶다고도 했다. 나는, 나경과 함께 춤을 추고 싶었다. 나경의 이야기는 어느 새 그날 지는 노을을 봤던 때까지 나아가 있었다.

아직, 아직은 아니야. 우선은 춤을 추는 나경 옆에서 천천히 걷기로 했다. 맨발로 춤을 추는 건 발을 다치기 쉬우니까.

"오늘도 편의점에서 맥주 사 올까?"

"그러던가."

나경이 맥주를 사러 간 사이, 나는 돗자리 없이 앉아 주머니에서 작은 노트와 펜을 꺼냈다.

나경은 여름날을 기억하고 있었다.

나경처럼 멋지게 춤추지 않아도, 나도 스텝은 밟아본 적 있으니까.